KIPLING COMPANION

KIPLING COMPANION

von

GISBERT HAEFS

HAFFMANS VERLAG

ALLE ILLUSTRATIONEN AUS DEN ARCHIVEN
VON HERAUSGEBER UND VERLAG.
FRONTISPIZ: RUDYARD KIPLING.

UMSCHLAGZEICHNUNG
VON NIKOLAUS HEIDELBACH

1.–4. TAUSEND, FRÜHLING 1987
ZWEITE, VERBESSERTE AUFLAGE
5.–7. TAUSEND, HERBST 1989

SATZ: JUNG SATZCENTRUM, LAHNAU
HERSTELLUNG: MÜHLBERGER, AUGSBURG
ISBN 3 251 20038 0

INHALT

KIPLING

ANDERS als hierzulande, wo viele das *Dschungelbuch* Walt Disney zuschreiben, ist Rudyard Kipling in Frankreich, den USA und England als Autor und Person präsent. Trotz der 50 Jahre nach seinem Tod noch immer nicht ausgestandenen Debatte um den »politischen« Kipling, die in ihrer Mischung aus Albernheiten und tradierter Fehlinformation an unsere Wirren in Sachen Heine oder Ossietzky erinnert, gehören große Teile seines Werkes zum klassischen Corpus der englischen Literatur. Jede neue Veröffentlichung – Material aus dem Nachlaß, Studien, Essaysammlungen – wird sofort und meistens gleichzeitig in ›*Times*‹, ›*Guardian*‹, ›*Observer*‹ etc. rezensiert, seine Werke werden in anständigen Ausgaben nachgedruckt und jederzeit lieferbar gehalten. Bis 1936 wurden in England und den USA etwa 16 Millionen Bände der Standardausgaben verkauft[1]; Luxus-, Sonder-, Sammelausgaben und Übersetzungen etc. nicht gerechnet. (Neuere Zahlen sind nicht zu erhalten.) Der National Trust, der zuletzt die englischen Copyrights an RKs Werk verwaltete, gab allein die Tantiemen aus dem englischen Buchgeschäft (ohne Film- und Übersetzungsrechte) für 1983 mit £ 63 000 an[2]. Mit über 300 Eintragungen im *Oxford Dictionary of Quotations* teilt sich RK dort Rang 5 mit Dr. Johnson. Vor ihnen liegen nur Shakespeare, Milton, Browning und Tennyson. Scheinbar offensichtlichere Kandidaten wie Byron, Dickens, Pope oder Shaw folgen erst mit großem Abstand.

In diese erlesene Gesellschaft stellt ihn auch die neuere Kritik. So gilt z. B. *Kim* heute als Werk der Größenordnung von *Don Quijote;* der Bengale Nirad C. Chaudhuri nennt es darüber hinaus das beste englische Buch über Indien, dem auch Inder unendlich viel zu verdanken hätten. Zu RKs Gedichten und vor allem den Erzählungen hat sich die Einstellung ebenfalls gewandelt. Nachdem seine frühen Geschichten lange als kunstloses Abenteuergarn abgetan (und so auch ins Deutsche übersetzt) wurden, stellen neuere Untersuchungen sie wegen ihrer technischen Perfektion neben Maupassant[3].

Der knappe Raum in den beiden indischen Zeitungen[4], für die RK als Journalist arbeitete und die seine Erzählungen und Balladen veröffentlichten, zwang ihn von vornherein zu äußerster Konzentration – C. S. Lewis stellte später fest, bei Kipling gebe es nur Nähr-, keine Ballaststoffe[5]. Schon in den frühen Erzählungen wiegt jedes Wort, jede Schattierung, jede Assoziation, und dies zum Teil mehrfach.

Bezeichnend für einen Teil der frühen Kipling-Kritik ist eine merkwürdige Denkblockade: Unfähigkeit, zwischen dem Autor und den verschiedenen Ich-Erzählern seiner Texte zu unterscheiden. Man zieh den Verfasser der Ballade »Loot«, in der ein Soldat vom Plündern berichtet, ein Befürworter des Plünderns zu sein[6], und in vielen Erzählungen stieß man sich an »arroganten, überflüssigen« Einschüben eines »unreifen« Erzählers. Tatsächlich sind die Einschübe kunstvoll angelegte Bruchstellen, die in der erzählten eine zweite, oft auch dritte Geschichte erkennen lassen. So berichtet etwa der Ich-Erzähler von »In the House of Suddhoo« (1886)*, ein jovial-dümmlicher Engländer, von grotesken Vorfällen und Intrigen, in die Angehörige mehrerer indischer Rassen verwickelt sind. Er kennt ihre Vorgeschichten nur teilweise, begreift die Vorfälle nur unvollständig und kann die absehbar fürchterlichen Folgen nicht verhindern. Aus Widersprüchen in dem, was der Leser, nicht jedoch der Erzähler begreift, ergeben sich die scheinbar störenden Blöcke und die eigentliche Geschichte: »In the House of Suddhoo« ist eine düstere Empire-Allegorie. Für die Darstellung bizarrer Ereignisse, farbiger Umstände und sehr konkreter Personen

---

* zu Kipling-Titeln vgl. »Bibliographie«

braucht RK, Allegorie inbegriffen, gerade elf Seiten. Gleichzeitig führt er hier den unvollkommen informierten Erzähler ein, dessen Erfindung die Anglistik Joseph Conrad mit *Lord Jim* zuschreibt. *Lord Jim* erschien erst 1900, Conrad kannte RKs Werk, und RK hatte (etwa in »Love-o'-Women«, 1893) längst weitere Experimente mit Erzählern angestellt, die weniger wissen als die Leser.

»In the House of Suddhoo« ist kein Einzelfall; Ähnliches läßt sich für das gesamte Frühwerk nachweisen. Unter der Oberfläche des makabren Horrortrips »The Strange Ride of Morrowbie Jukes« (1885) z. B. findet sich eine diskrete Assimilation von Dantes *Inferno*, von den deutschen Übersetzern ebenso übersehen wie der Freimaurerei entlehnte Symbole, die »The Man Who Would Be King« (1888) mit einem geschickt verfugten sechsfachen Rahmen versehen.

Jorge Luis Borges nannte RKs frühe Erzählungen »lakonische Meisterwerke eines genialen Jünglings«, die mittleren und späten »nicht minder labyrinthisch und beklemmend als die von Kafka und Henry James und diesen zweifellos überlegen«[7]. RKs »mittlere Periode« beginnt nach Übereinkunft der Kipling-Literatur 1904 mit dem Band *Traffics and Discoveries*, der die nie befriedigend analysierte Erzählung »Mrs. Bathurst« enthält. Darin verwendet RK, vermutlich als erster, Filmschnitt-Techniken in der Literatur; obwohl er das Verfahren in der zentralen Episode der Geschichte andeutet (man betrachtet Wochenschau-Aufnahmen; je näher die gezeigten Personen dem »Auge« kommen, desto diffuser werden sie und lösen sich auf), dauerte es 50 Jahre, bis jemand feststellte, daß die Erzählung mit der gleichen Technik arbeitet[8].

Abgesehen von den wenigen hermetischen Erzählungen – neben »Mrs. Bathurst« sind dies »The Children of the Zodiac« (1891) und »The Dog Hervey« (1914) – bleibt RK bei aller Experimentier- und Innovationsfreude immer lesbar – er publizierte keine Versuchsanordnungen, sondern die ausgefeilten Endergebnisse:

»Lies deine letzte Fassung in einer günstigen Stunde und bedenke jeden Absatz, jeden Satz und jedes Wort gründlich und streiche, wo es sich anbietet. Laß es so lange wie möglich zum Entwässern liegen [to drain]. Danach lies es erneut, und dabei solltest du feststellen, daß es eine weitere Kürzung verträgt. Lies es schließlich laut und in Ruhe. Es mag sein, daß sich noch ein wenig Tilgen anbietet oder aufdrängt. Wenn nicht, preise Allah und schick es in die Welt, und ›wenn du getan hast, bereue nicht‹. ... Ich habe Erzählungen drei oder fünf Jahre liegenlassen, und sie haben sich beinahe jährlich gekürzt.«

Über »The Captive« (1902, in *Traffics and Discoveries*):

»Ich konnte meine Beleuchtung nicht mit dem Tonfall des Monologs in Einklang bringen. Der Hintergrund trat zu sehr hervor. Schließlich sagte mein Dämon: ›Mal zuerst ein für allemal den Hintergrund, so hart wie ein Kneipenschild, und laß ihn dann in Ruhe.‹ Nachdem ich dies getan hatte, fügte sich der Rest mit amerikanischem Akzent und Ansichten des Erzählers zusammen.«

Über einzelne *Puck*-Geschichten (1906/10):

»Bei ›Dymchurch Flit‹, womit ich immer schamlos zufrieden war, fragte mein Vater: ›Woher hast du diese Beleuchtung?‹ Sie war von selbst gekommen. Handwerklich sind diese Erzählung und zwei Nachtstücke in ›Cold Iron‹ in ihrer Art das Beste, was ich je gemacht habe, aber ›The Treasure and the Law‹ erschien mir immer als zu schwer für den Rahmen.«

Über die Erzählungen in *Rewards and Fairies* (1910):

»Ich habe das Material in drei oder vier Farb- und Webschichten übereinander gearbeitet, die sich enthüllen mochten oder nicht, abhängig vom je nach Geschlecht, Alter und Erfahrung wechselnden Lichteinfall. Die Geschichten mußten ja von Kindern gelesen werden, bevor den Leuten aufging, daß sie für Erwachsene bestimmt waren.«[9]

Die Zahl der von RK entwickelten Erzählstrukturen ist fast so groß wie die seiner Erzählungen, da er die Arbeit immer am Material ausrichtete. In seinem Spätwerk der 20er und 30er Jahre brachte er es zu einer Vielfalt komplizierter Kunststücke. Dabei ging er immer neue Wege. So arrangierte er in der kurzen, kompakten und scheinbar lakonischen Erzählung »The Gardener« (1925) eine Unmenge von Einzelheiten – deren nicht eine gesucht wirkt – so hintereinander, daß jede neue alle vorhergehenden und nachfolgenden in ihren Bedeutungen für sich und die Geschichte verändert – als ginge man mit einer Fackel durch ein Labyrinth von Statuen, die bei jedem Schritt ihre Relation zueinander verändern und mit den wandernden Schatten unausgesetzt neue Konstellationen bilden, von denen keine zufällig oder bedeutungslos ist[10]. In anderen Erzählungen impliziert die Oberflächengeschichte mehrere Bedeutungsebenen (C. A. Bodelsen weist bis zu sechs nach), von denen wiederum einige sich zu widersprechen scheinen und auf einen noch tiefer eingearbeiteten Kern weisen. Manchmal verwendet RK zur Verbindung dieser Schichten ambivalente Symbole – deren Erfindung der Lyrik von T. S. Eliot zugeschrieben wird; oft beleuchten mehrere Gedichte, die die Erzählungen umgeben und mit ihnen eine Einheit bilden, die verborgenen Aspekte. (In der bisherigen Übersetzung des Bandes *Debits and Credits*, deutsch *Bilanz*, fehlen alle Gedichte.)

Diejenigen, die den späten RK am ehesten hätten goutieren können, nämlich Autoren und Kritiker der »Avantgarde« (der RK formal meist um Längen voraus war), nahmen ihn etwa ab der Jahrhundertwende nicht mehr zur Kenntnis – mit Ausnahmen wie Ezra Pound, der in seinem *ABC of Reading* Kipling unter jenen Autoren aufführt, die man lesen sollte, um zu begreifen, was englische Prosa vermag. Ein gründlicher Leser des RK von 1904 hätte über die Perfektion von James Joyces *Dubliners* 1914 eigentlich nicht erstaunt sein dürfen.

Für diese weitgehende Nichtbeschäftigung mit Kipling waren in erster Linie nichtliterarische Gründe maßgeblich. Die mehrheitlich »progressive« Kritik verübelte RK seine »imperialistische« Haltung und übersah dabei (neben der Grundsatzfrage, ob Galilei katholisch, um durch ein Fernrohr schauen, und Kipling »progressiv« sein muß, um schreiben zu dürfen), wie differenziert RKs »Imperialismus« war. In seinen frühen Erzählungen, die vor allem die Arbeit der Leute schildern, welche gegen Hunger, Dürre und Seuchen kämpfen und dabei »im vorgeschriebenen Alter von 22 Jahren« sterben, ist sein Ton zynisch, sobald es um die Spitzen der imperialen Verwaltung geht. Während die Untergebenen in den Ebenen sterben, wird in der Sommerresidenz Simla gemauschelt und intrigiert; Protektion, Korruption und Vetternwirtschaft sind die Regel; Beamte, die ohne Indienkenntnisse auf hohe Posten gelangt sind, fällen katastrophale Fehlentscheidungen; auf dem Rücken der Leichen werden Geschäfte gemacht. Die für europäische Leser exotischen Geschichten waren für ihr ursprüngliches britisch-indisches Publikum brutal realistisch und galten als subversiv.

RK eignet sich bestens für Fehlzitate. Sobald im Orient etwas Unbegreifliches geschieht, zitiert jeder Leitartikler der englischsprachigen Welt »East is East and West is West and never the twain shall meet« – »Ost ist Ost und West ist West, und nie werden sie zusammenkommen«. Es ist die erste Zeile der »Ballad of East and West«, in der es um die Freundschaft zwischen einem Engländer und einem Pathanen geht, weil Individuen, wenn sie nur wollen, die Kluft durchaus überbrücken können. Ähnlich steht es mit dem »Gesetz des Dschungels«, das keineswegs Anarchie plus das-Recht-des-Stärkeren bedeutet, sondern im Gegenteil ein strikter naturrechtlicher Kodex ist, der jedem seinen Platz und seine Pflichten, aber vor allem seine Rechte zuweist.

»Schickt eure Besten aus; bannt eure Söhne ins Exil, daß sie den Bedürfnissen eurer Gefangenen dienen; führt die wüsten Kriege des Friedens – bekämpft Hungersnöte und dämmt Seuchen ein. Kein Königsflitterkram, sondern Mühsal ohne Lohn« – so steht es in dem berühmten bzw. berüchtigten Gedicht »The White Man's Burden«. Der »White Man«, großgeschrieben, steht in jedem besseren englischen Wörterbuch[11] in der Bedeutung »anständiger, vorbildlicher, positiver Mensch« und hat zunächst einmal nichts mit Hautfarbe zu tun: Wie *yellow* (neidisch, träge, feige) und *black* (böse, Kinderschreck, »der Schwarze Mann«) ist dieser »Weiße« der alten Farbsymbolik entlehnt.

Die Bürde ist etwas, das nach RKs Meinung Deutsche, Buren, Portugiesen und Russen nicht tragen können; im Text ist nirgendwo die Rede von »farbigen Völkern« o. ä. – aber so wird der Titel zitiert. Das Gedicht, geschrieben 1899, gerichtet an die USA, die gerade Kuba und die Philippinen »geerbt« hatten, ist keine Aufforderung zu kolonialer Ausbeutung, sondern zu entbehrungsreicher Entwicklungsarbeit ohne Lob und Lohn. Als zum 60jährigen Thronjubiläum von Victoria 1897 eine imperial-chauvinistische Woge über England schwappte, setzte RK in ›*The Times*‹ vom 17. Juli 1897 das düstere »Recessional« (etwa: Lied am Schluß des Gottesdienstes) dagegen, über das die Queen dem Vernehmen nach »not amused« war: »Tumult und Geschrei vergehen, Feldherren und Fürsten sterben, unser ganzer Pomp ist gleich dem von Niniveh und Tyros. Trotz wahnsinniger Prahlerei und närrischen Geredes – erbarm Dich Deines Volkes, Herr!« Von Missionaren wollte er nichts wissen (»Es erscheint mir grausam, daß Weiße, deren Regierungen mit den mörderischsten Waffen gerüstet sind, die die Wissenschaft nur kennt, ihre Mitkreaturen verwirren und irreführen durch eine Heilslehre, die sie selbst kaum begreifen, und durch eine Ethik, die dem Klima und den Instinkten jener Rassen fremd ist, deren heiligste Gebräuche die Weißen schänden und deren Götter sie beleidigen.«[12]), ebensowenig von europäisch gebildeten Indern – europäische Uniformierung konnte nicht zur »Einheit in Vielfalt« einer irgendwann einmal gleichberechtigten Völkerfamilie führen.

Wenn es eine legitime Annahme ist, daß Brecht unter Kommunismus vielleicht etwas anderes verstand als Pol Pot, darf man wohl auch konzedieren, daß RK den britischen Imperialismus anders (und weit kritischer) sah, als England ihn betrieb und westliche Vulgärmarxisten ihn definieren. Trotz all seiner Vorbehalte akzeptierte und verteidigte er das Empire, in dem er eine zivilisatorische Mission sah. Vielleicht schwebte ihm als Ziel die Welt der Erzählung »As Easy as A. B. C.« (1912, in *A Diversity of Creatures*) vor – geleitet von Technikern statt Demagogen, in der die letzten Demagogen Attraktionen eines morbiden Zirkusunternehmens sind und in der es Krieg als »paying concern« nicht mehr gibt: Er lohnt sich nicht mehr. RK versprach sich von der Weiterentwicklung zu einer Art Neuauflage des Römischen Imperiums mehr als von einer Zerstückelung in Nationalstaaten.

1899 veröffentlichte Robert Buchanan in der ›*Contemporary Review*‹ eine wüste Attacke auf RK, dem er genau das vorhielt, was Kipling selbst, u. a. in »Recessional«, immer verworfen hatte, nämlich den »niedrigen, vulgären Imperialismus«. Als für RK unzugänglich definierte er den »noblen Imperialismus«, ähnlich wie RK selbst ihn definierte: »Sein Ziel ist es, Licht zu verbreiten, nicht die Sonne zu verfinstern; die mühseligen Millionen zu nähren, nicht sie zu opfern; den Menschen zu befreien, nicht zu versklaven; den großen Tempel der Menschheit zu weihen, nicht zu schänden.« Gleichzeitig erklärte Buchanan, der zuvor schon Rossetti wegen Fleischlichkeit angegriffen hatte, RKs krasses, brutales, vulgäres Zeug solle »nicht die reinen Quellen unserer Literatur vergiften«, nicht dort gehört werden, »wo einstmals die Springquellen intellektueller Erleuchtung und Schönheit spielten, wo Chaucer und Shakespeare Inspiration tranken, wo Wordsworth, Hood und Shelley Botschaften für die sehnenden Herzen der Menschen fanden«[13]. Das entspricht den etwa gleichzeitig geäußerten Vorwürfen gegen Zola – Literatur hat nicht zu beschreiben, sondern zu erbauen.

Die Frage, ob Buchanan Chaucer und Shakespeare in anderen als gereinigten Ausgaben gelesen haben kann, sei dahingestellt. Interessanter ist, daß nicht im Stil, wohl aber in Substanz und Haltung hier der größte Teil der angloamerikanischen Literaturkritik bis zur Mitte des 20. Jahrhunderts und zum Teil noch heute repräsentiert ist. Selten ist sie sachlich-philologisch, sondern meistens in puritanischer Tradition moralisierend. So schrieb etwa Irving Howe noch 1982 im Vorwort zu einer Kipling-Anthologie, RKs Prosa sei ein »Instrument von großartiger Kraft und Feinheit«, niemand spreche ihm sein Können ab, dennoch gehöre er nicht zu den ganz Großen der Moderne, weil bei ihm, anders als bei Joyce, Proust, Eliot und Lawrence, nicht allenthalben die Präsenz »einer erweiternden, befreienden Sensibilität« spürbar sei und man nicht einer Weltsicht begegne, die »gleichzeitig Glanz und Schande der Menschheit umfaßt und uns ... mit den Begrenzungen unserer Existenz aussöhnt«[14]. Außerliterarische, höchst subjektive Aspekte werden zum literarischen, objektiven Maßstab erhoben; zweifelhaft sind sie außerdem. Ebenso subjektiv ließe sich fragen, wie es denn mit »befreiender Sensibilität« bei dem beklemmend christlichen Eliot oder dem unerträglich humorlosen Weltverbesserer Lawrence steht, wie mit »versöhnender Weltsicht« bei dem Atomisierer Joyce. Sachliche Äußerungen wie die von Sainte-Beuve über *Madame Bovary* – »ein komponiertes, durchdachtes Werk, in dem der Autor jederzeit nur das getan hat, was er tun wollte«[15] – sind in der gesamten angloamerikanischen Kipling-Kritik selten.

Übrigens richtete sich der Imperialismus-Vorwurf ursprünglich keineswegs gegen RKs oder die britische Indien-

Position; der Vorwurf kam auf, als RK im Burenkrieg eindeutig Partei ergriff; für die damaligen Liberalen auf beiden Seiten des Atlantik waren die Buren fortschrittliche Freiheitskämpfer, die nur durch das böse Empire daran gehindert wurden, aus Südafrika ein Paradies zu machen. RK wußte es besser; er warf ihnen »primitive Gier nach rassischer Vorherrschaft«[16] vor und läßt in seiner Erzählung »A Burgher of the Free State« einen Buren lakonisch sagen, er müsse zunächst einmal den »Schwarzkram« *(blackstuff)* von seinem Land herunterschießen. Die gleichen Kreise, die heute RKs damalige Haltung den Buren gegenüber teilen, wiederholen mit Vergnügen den Imperialismus-Vorwurf.

Dies ist ein seltsames Phänomen, das Überleben von (Fehl-)Urteilen, die weiter nachgeredet werden, nachdem die Urteilsbegründung obsolet geworden ist oder sich als von vornherein falsch herausgestellt hat. Es beginnt mit simplen Überbrükkungsmängeln: RK wird gepriesen, weil er als erster die Arbeit, mit der die meisten Menschen mehr Zeit verbringen als mit »häuslichen Emotionen«, zum Thema macht – und getadelt, weil es bei ihm so wenige »feinsinnige« Liebes- oder Seelengeschichten gibt. Er wird gepriesen, weil er die knappe, implizierende, ausschnittartige Darstellung von Charakteren perfekter ausgebildet hat als jeder andere »kurze« Erzähler – und getadelt, weil sich 100seitige Psychogramme nach Art der psychologischen Romane des 19. Jahrhunderts in seinen 20seitigen Erzählungen nicht finden.

Tradiert (und auch von neueren Autoren wie Gilbert oder Howe aufgenommen) ist ebenfalls der Vorwurf von »Grausamkeit« oder gar »Sadismus«. Ein Teil des Vorwurfs speist sich aus der frühen Ablehnung realistischer Darstellungen – Grausamkeit findet täglich auf den Straßen statt, aber man will derlei nicht lesen. Verglichen mit dem, was heute die Medien liefern, ist RK sanft – aber die Stichworte werden reproduziert. Ferner hat z. B. J. M. S. Tompkins nachgewiesen, daß etwa in RKs

Farcen traumatische Erlebnisse und ihre Folgeschäden durch Gelächter, das sich aus Absurditäten speist, geheilt werden[17] – trotzdem wiederholen Autoren, die Tompkins zitieren, die frühen Anwürfe »Grausamkeit« und »alberner Schuljungenhumor«; was subtilste Studien bestimmter seelischer Mechanismen sind, wird bei Gilbert zu »sadistischen Rachekomödien«[18]. Die Annahme, daß der Autor sich bei »anstößigen« Stellen etwas gedacht, daß sie eine Funktion haben könnten, ist offenbar abwegig.

Zur Ablehnung von RKs Haltung und von amoralischem Realismus kommt ein dritter Punkt, zusammenzufassen vielleicht als »Vulgarität«. Nach Oscar Wildes Meinung kannte Dickens die Kleider der Vulgarität, »Mr. Kipling kennt ihre Essenz«[19]. RKs Freund (und Brautführer bei der Hochzeit) Henry James, der ihn zunächst als Genie und möglicherweise »englischen Balzac« begrüßt hatte (lieber eine Imitation als etwas Originales), klagte später in einem Brief, er finde bei RK nichts von »komplizierter Seele«, RK gehe vom Einfachen zum immer noch Einfacheren abwärts – »von den Angloindern zu den Eingeborenen, von den Eingeborenen zu den Tommies, von den Tommies zu den Vierfüßern, von den Vierfüßern zu den Fischen und von den Fischen zu den Maschinen und Schrauben«[20]. Für James ist alles simpel, außer den feinen Seelen der städtischen und künstlerischen Intelligenz, und nur sie sind beschreibenswert.

Diese monströse Position, die den größten Teil des Kosmos für nebensächlich erklärt, nahm nicht allein Henry James ein. Aus vielen in *Kipling: The Critical Heritage* gesammelten Artikeln klingt mehr oder minder deutlich eine Aufforderung an RK, über etwas anderes zu schreiben – im Klartext: Schreiben Sie über *uns*, Mr. Kipling! RK seinerseits gab immer wieder zu verstehen, daß ihm die Welt und die arbeitende und leidende Menschheit unendlich viel wichtiger waren als theoretische Debatten feiner Seelen in Salons. So ist die RK vorgeworfene

»Vulgarität« in erster Linie definierbar als »Interesse an Dingen außerhalb intellektueller Zirkel«. Zum Komplex »Vulgarität« gehört sicher auch die Geringschätzung, die etwa W. B. Yeats Kiplings Volks- und Soldatenballaden (die Brecht so stark beeinflußten) entgegenbrachte. »Wie die anderen jungen Schriftsteller der ›Dekadenz‹ hielt [Yeats] sich bewußt abseits von Englands gemeinem Volk... Yeats und seine jungen Freunde sangen bei ihren literarischen Parties bestimmt nicht die lebende Folklore des Proletariats. Sie wußten nicht, daß sie existierte, und als Kipling dieses lebendige Idiom verwendete, nahmen sie an, er habe es erfunden.«[21] RK hatte als erster in England Dialekte und Soziolekte nicht karikierend eingesetzt und sie auch in komplizierten Formen gebraucht, z. B. in der Cockney-»Sestina of the Tramp Royal«. Orwell nannte das »herablassend« und schlug vor, die Balladen zu »entcockneysieren«. Solche Vorwürfe und Vorschläge finden sich merkwürdigerweise immer nur im Kontext Kipling; andere Autoren, etwa Mark Twain, dürfen Dialekte verwenden.

Mit seinem oft als Beispiel für bemerkenswerte Objektivität einem Andersdenkenden gegenüber zitierten Kipling-Essay[22] gab George Orwell eher ein Beispiel für billige Polemik. Niemand habe den einäugigen Pazifismus in England besser karikiert als RK in seiner Ballade »Tommy« mit den Zeilen: »Die Uniformen verspotten, die euch hüten, während ihr schlaft, ist billiger als diese Uniformen, und die kosten nur einen Hungerlohn.« Diese Konzession kostete nicht einmal so viel – die erste Fassung des Essays erschien 1942, und zu dieser Zeit gehörte nicht viel Konzessionsbereitschaft dazu, den englischen Pazifismus zu kritisieren.

»Fünf literarische Generationen hindurch haben ihn alle aufgeklärten Leute verachtet«, heißt es im dritten Satz des Essays – was diese »enlightened persons« so »enlightened« macht und wer sie sind, behält Orwell für sich. »Kipling *ist* ein Jingoimperialist, er *ist* moralisch empfindungslos und ästhetisch widerwärtig. Es ist besser, dies gleich zu Beginn einzuräumen und dann herauszufinden, warum er überlebt ...« Man könnte es auch diskutieren, statt es einfach so hinzustellen. Es folgen anonyme Autoritäten: »Ich weiß aus verschiedenen privaten Quellen, daß viele ... Angloinder ... ihn nicht mochten ... Sie sagten, zweifellos mit Recht, er wisse nichts von Indien ...« Vergleicht man etwa die weiter unten zitierten Äußerungen von RKs Zeitgenosse E. Kay Robinson über Kiplings Vorliebe für den Umgang mit »Eingeborenen« und seine Abneigung, die Freizeit in den Clubs der Angloinder zu verbringen (von Chaudhuri nicht zu reden), können einem schon Zweifel kommen, nicht nur an Orwells Redlichkeit.

Der Essay liefert auch Argumente zum Thema »Kiplings Vulgarität«. Orwell befindet, die meisten von RKs Gedichten seien entsetzlich vulgär, aber »in einer Zeit wie der unseren kann ›gute‹ Lyrik keine Popularität genießen. Sie ist, und muß sein, Kultobjekt einiger weniger Leute ... Wenn Sie gut Concertina spielen, könnten Sie vermutlich in die nächste Kneipe gehen und innerhalb von fünf Minuten ein beifälliges Publikum finden. Was aber wäre die Haltung des gleichen Publikums, wenn Sie zum Beispiel vorschlügen, ihnen Shakespeares Sonette vorzulesen?« Vulgär ist folglich, was mehr Leuten als der er- und belesenen Elite gefällt; die nachfolgende Analogie bleibt unvollständig, denn wir erfahren nicht, welches Instrument Shakespeare darstellt, da ja Kipling eine Concertina zu sein scheint. Auch könnte man fragen, ob nicht doch etwa der Alkohol-contra-Potenz-Monolog des Pförtners in *Macbeth* in Kneipen mehr Beifall fände als Kiplings düstere Kriegsgedichte.

Ein in seiner dreisten Inkompetenz schon fast possierliches Beispiel liefert der Brechtspezialist Prof. James K. Lyon in *Bertolt Brecht und Rudyard Kipling* (Suhrkamp, 1976). Das Verdienst des Buches liegt darin, gezeigt zu haben, wieviel Brecht von Kipling abgeschrieben bzw. übernommen hat (vgl. hierzu auch Kästners Parodie »Surabaja Johnny II«), so z. B., daß nahezu alle großen Frauengestalten Brechts auf RKs Badalia Herodsfoot (»The Record of Badalia Herodsfoot« in *Many Inventions*) zurückzuführen sind und daß RKs Balladen Brecht zu zahlreichen Halbübersetzungen, Anlehnungen und Plagiaten angeregt haben. (Wie weit die absolut grauenhaften zeitgenössischen »Nachdichtungen« von RKs Balladen, denen sämtliche Tugenden der Originale – natürliche Sprache, natürliche Syntax, Volkssprache, Farbigkeit etc. – fehlen bzw. in denen sie durch »poetische« Vergewaltigung des normalen Satzbaus entstellt sind, Ursache für Verkrampfungen in Brechts frühen Balladen sein könnten, bliebe zu diskutieren. Lyon hält die Nachdichtungen übrigens für angemessen.)

Aber der Brechtspezialist hat Kipling kaum oder gar nicht gelesen; sein Buch wimmelt von Fehlern und Widersprüchen. Mehrfach (z. B. S. 116, S. 137) bezweifelt er, daß RK so einfach als Jingoimperialist betrachtet werden kann, was ihn nicht daran hindert, dieses Etikett an anderen Stellen reichlich zu verwenden. RKs Ballade »The Absent-Minded Beggar« (Armee-Slang, etwa »Der schusselige Typ« = Soldat, der einer Frau ein Kind macht und dann verschwindet) war von Kipling gedacht als Mittel, die Öffentlichkeit auf die Nöte der Angehörigen jener Soldaten aufmerksam zu machen, die in den Burenkrieg geschickt wurden; in der Vertonung von Sir Arthur Sullivan (von Gilbert & Sullivan), gesungen u. a. von Lily Langtry, gedruckt in verschiedenen Sonderausgaben (z. B. als Triptychon auf Seide), brachte das Lied innerhalb weniger Monate eine Viertelmillion Pfund ein, die dem »Absent-Minded Beggar Fund« zuflossen – bei Lyon wird daraus (S. 127) ein Lied gegen den Burenkrieg. (Auch bei Brecht-Themen gibt es derlei Wirrwarr; der »Große Dankchoral« z. B. ist laut Lyon »gedichtet nach dem Rhythmus des evangelischen Kirchenliedes ›Lobet den Herren‹ von Joachim Neander« – fast richtig: Es handelt sich um eine Parodie.) Auf S. 148 schreibt Lyon die Erzählungen von *Many Inventions* dem Band *Life's Handicap* zu, den er als *Life's Handicaps* zitiert; auf S. 54 spricht er von »etlichen Dutzend« Geschichten über die »Soldiers Three« – es sind genau achtzehn; auf S. 55 nennt er »The Disturber of Traffic« (eine Geschichte, in der es um einen irren Leuchtturmwärter geht und in der keinerlei Elefant vorkommt) eine jener Stories, die »ausschließlich von den einzigartigen Eigenschaften der Elefanten« handeln; auf S. 130 nennt er RKs lakonische Autobiographie *Something of Myself* eine »Art Tagebuch«, in der es von pittoresken Szenen und Stoffsammlungen wimmle; usw. usw. (Und auf S. 143 treibt er mit einer Anmerkung »siehe auch Willets unveröffentlichtes Manuskript...« – wo soll man es einsehen, bitte? – das akademische Verweiswesen auf eine brillante Spitze, die schon eine Pointe ist. Bis zu welchem Ignoranzpegel darf man als Professor noch schreiben?)

Auch die immer wieder aufgestellte Behauptung, RK habe in seinen Soldatengeschichten den Krieg glorifiziert, ist absurd. In fast allen dieser frühen Erzählungen sind Garnisonsleben oder Grenzscharmützel lediglich Hintergrund, nicht Thema. Meist geht es, wie in den Farcen, die Gilbert »sadistische Rachekomödien« nennt, um psychologische Studien der Bruchbelastung (»breaking strain«) von Menschen in Extremlagen. Gegenüber Streß, Einsamkeit, privaten Tragödien und bisweilen wunderbar bizarren Erlebnissen tritt das Militärische in den Hintergrund.

Ferner tauchen in den »Soldier Tales«, wie Angus Wilson nachgewiesen hat[23], zum ersten Mal authentische Angehörige der Unterschichten als positive Protagonisten der englischen Literatur auf, mit ihren Problemen, Ansichten und Dialekten. Krieg ist bei RK der letzte Versuch, einen brechenden »Wall« zu halten, und er ist immer blutig. Auch seine Gedichte aus dem Ersten Weltkrieg haben nichts von deutschen Hurraposen an sich, wie sie etwa bei Kriegsautoren wie Löns und Flex oder älteren Texten (»Der Gott der Eisen wachsen ließ«, »Frischauf Kameraden ins Feld« u. a.) zu finden sind; in den Gedichten wird immer wieder betont, daß es eine furchtbare Sache ist, die getan werden muß, wenn Freiheit und Zivilisation überleben sollen. In »For All We Have and Are« (1914) heißt es u. a. »Unsere Welt ist leichtfertig verschleudert worden, nun bleiben uns nur noch Stahl, Feuer und Stein. Wieder müssen wir das Wort hören, dessen die Erde schon so lange überdrüssig ist: ›Kein Gesetz außer dem Schwert‹. Behagen, Zufriedenheit, Freude, der mühsam errungene Gewinn langer Jahre, all dies ist in einer Nacht vergangen; nur wir sind übrig und müssen uns den nackten Tagen stellen. Leichte Hoffnungen oder Lügen werden uns nicht ans Ziel bringen, sondern eiserne Opfer. Was steht, wenn die Freiheit fällt? Wer stirbt, wenn England lebt?« Pathos sicherlich, aber Kriegshetze oder gar Glorifizierung? RK wußte, wovon er sprach, und er wußte es besser als die meisten anderen. Im Burenkrieg hatte er Front und Etappe gesehen, Pflege und Verpflegung der Soldaten organisiert und auch selbst bei der medizinischen Betreuung Hand angelegt. Von diesem Zeitpunkt an wurde er nicht müde zu betonen, daß der nächste Krieg kein Heldenstück, sondern ein blutiges Massaker werden würde, und am 4. August 1914 notierte er in Caroline Kiplings Tagebuch: »Armageddon begins«.

Unter dem Eindruck des erst durch allzu langes *appeasement* geschürten und wegen mangelhafter Vorbereitungen verlustreichen Burenkriegs hatte er seine Landsleute hart attackiert, weil sie Profis zum Kricket und Amateure in den Krieg schickten[24]. 1901 wurde in England erstmals die Bereitstellung einiger Divisionen für den »unwahrscheinlichen Fall« eines europäischen Krieges erwogen; während Deutschland 1914 innerhalb weniger Tage fünfeinhalb Millionen ausgebildeter Soldaten mobilisieren konnte, bestand Englands Beitrag zur Rettung Frankreichs aus nicht einmal 100 000 Mann. Allein bis Ende 1914 meldeten sich zwar 1,2 Millionen Freiwillige (erst im Mai 1916 wurde die Wehrpflicht eingeführt), aber sie mußten zunächst ausgebildet werden[25].

Eines der Probleme, die RK für die liberalen Intellektuellen seiner Zeit darstellte, war, daß er recht hatte. Es wäre der Menschheit einiges erspart geblieben, wenn Lloyd George und Asquith, später Baldwin und Chamberlain auf RKs Warnungen gehört hätten. Aber die Warnungen waren lästig, weil sie den normalen Ablauf der Geschäfte und die pazifistischen Illusionen störten. Durch einen nicht sehr originellen Transfer wurde aus dem Warner, der Wachsamkeit gegenüber größenwahnsinnigen Diktatoren forderte, der Kriegshetzer RK – als ob er beide Weltkriege herbeigeschrieben hätte.

Auf ähnliche verquaste Art wurde aus dem Warner vor der nächsten deutschen Gefahr zu Beginn der 30er ein Faschist gebastelt, wegen des Hakenkreuzes der Nazis. RKs Standardausgaben trugen damals noch die vom Vater entworfene Vignette: der elefantenköpfige Gott Ganesha, mit Lotosbüschel im Rüssel und indischem Hakenkreuz. 1933 ordnete RK an, das von den Nazis besudelte Hakenkreuz hinfort wegzulassen.

Außerdem wurde nicht erst seit »The White Man's Burden« RK immer wieder als Rassist bezeichnet, wenngleich sich seine »rassistischen« Äußerungen in Formulierungen erschöpfen wie: »Es werden die Rassen überleben, denen es gelingt, ihre Leichen aus ihrem Trinkwasser herauszuhalten.«[26]

Die Rassismus-Frage hat zwei Anlässe. Erstens ist RK im wesentlichen in Indien aufgewachsen und hat dort, wie kaum anders möglich, ein seinen europäischen Lesern und Kritikern weitestgehend fehlendes Bewußtsein für die Verschiedenheit von Rassen entwickelt. Die bloße Erwähnung dieser Verschiedenheit wurde relativ früh als rassistisch gedeutet. Der zweite Anlaß ist eine Zeile im zitierten »Recessional«. Darin geht es um »lesser breeds without the Law« – oft gedeutet als »minderwertige, gesetzlose Rassen«; laut Orwell bezieht es sich (1897!) auf die Deutschen. Die Debatten hierüber sind ein Beispiel für die Versäumnisse der Kipling-Forschung. Allgemein herrscht Einverständnis darüber, daß RK nach oder neben Shakespeare den größten Wortschatz aller englischen Autoren habe – aber niemand hat ihn untersucht. Selbst Schlüsselwörter sind nicht analysiert worden; auch die sachlichen Kipling-Studien der letzten Jahrzehnte sind (teilweise gegeneinander geschriebene) Gesamtdarstellungen; philologische »Grundlagenforschung« wurde kaum betrieben. (Das gilt z. B. auch für RKs Erzählstrukturen oder die Frage, wie weit er Darstellungstechniken seiner präraffaelitischen Verwandtschaft in die Literatur übernommen hat.) Man ist sich auch einig, daß RK sehr sorgsam mit Wörtern umging, hat diese Sorgfalt jedoch selten in die Kritik einfließen lassen. Gerade in diesem Fall wäre es hilfreich: Bereits in der frühen Erzählung »Pig« (1887) verwendet RK »race« (Rasse), um den Unterschied zwischen einem Mann aus Yorkshire und einem aus Devon zu charakterisieren. Gleich ob Yorkshiremen, Chinesen, Buren, Amerikaner oder Iren gemeint sind, »race« ist immer wertfrei und bezeichnet Herkunft und Zugehörigkeit. »Breed« (»Brut«, Erziehungsprodukt, z. B. in »well-bred«, gut erzogen, gut ausgebildet) ist nichts Zufälliges, sondern etwas gezielt Produziertes. Die »lesser breeds« sind deshalb »lesser«, weil sie »without the Law« sind – etwa: »Völker, die sich durch ihre nationalen Zielsetzungen außerhalb des GEsetzes stellen«.

Geht man von dem Stereotyp des bösen Jingoimperialisten aus, müßte RK eigentlich in Indien und Pakistan etwa so beliebt sein wie der Papst im Haus von Ian Paisley. Aber Reuter[27] meldete zu Kiplings 50. Todestag am 18. Januar 1986, gerade seine indischen Erzählungen und Romane seien in Indien immer noch sehr beliebt. Und die Kaserne der pakistanischen Armee in Peshawar heißt The Kipling Lines[28]. Der Pakistaner Shamsul Islam[29] stellt fest, RKs Imperialismus werde von seiner Liebe zu Indien aufgewogen, »die so tief sein Meisterwerk *Kim* durchdringt ...« Hintergrund des Buches sei trotz des Rahmens des Großen Spiels von Spionage und Gegenspionage die Menschlichkeit, Spiritualität und Zeitlosigkeit Indiens; Indien sei der eigentliche Protagonist und erschließe sich auf die verschiedenste Weise: im unaufhörlichen Getriebe der Grand Trunk Road, im heiligmäßigen Teshoo Lama auf der Suche nach dem Nirwana, im betont maskulinen pathanischen Pferdehändler Mahbub Ali und auch in Kim, »dem weißen Jungen aus Lahore, der sowohl als Hindu wie auch als Moslem durchgehen kann. Thema des Romans ist Kims Suche nach Identität, eng verbunden mit der Suche des Lamas nach Auslöschung der Identität.« (Angus Wilson[30] zieht Parallelen zu Don Quijote/Sancho Panza und Pickwick/Sam Weller, fährt dann aber fort, Kipling »gelingt etwas, woran Dickens sich nicht zu versuchen wagte, etwas, was, wie ich glaube, kein anderer Autor je versucht hat. Denn in der Person Kim vereinigt er Erfahrung, Gerissenheit, Humor und Attraktion des Dodgers mit der Sanftmut und Güte von Oliver Twist, eine scheinbar unmögliche Aufgabe«. Weiter stellt er Vergleiche mit *Pilgrim's Progress* und den *Canterbury Tales* an – »Aber ich nenne diese Meisterwerke ... nicht, um anzudeuten, *Kim* sei an sie angelehnt, denn es ist die absolute Originalität des Buchs, die seinen Wert ausmacht, sondern nur, um die ... literarische Höhe anzudeuten, auf der wir uns in diesem seltsamen Werk bewegen ...« Die Geschichte von Kim und dem Lama sei letztlich, unter all dem unübertrefflichen Reichtum an Menschen- und Ortsschilderung, eine Allegorie eines selten dargestellten Ideals: »Die Welt im Dienst spiritueller Güte und, noch seltener, spirituelle Güte, die anerkennt, was sie dem Schutz durch die Welt verdankt.«)

Der von »progressiven« Europäern höher eingeschätzte E. M. Forster *(A Passage to India)* kommt dagegen nicht nur als Künstler, sondern auch als Indienautor schlechter weg. Wo Kipling aus intimer Kenntnis Indiens zu Liebe und durch sie zu Verständnis gelangte, kommt Forster aus Fremdheit durch kühle Analyse zu Befremdung; Shamsul Islam beendet seinen Vergleich englischer Indienautoren (Kipling, Forster, Thompson, Orwell, Masters) mit dem Satz: »Die Reise von Forster zu Masters bringt uns zurück zum Altmeister – Rudyard Kipling.«

Der Bengale Nirad C. Chaudhuri[31] nennt *Kim* den besten englischsprachigen Roman über Indien, *Kim* sei großartig, nach allen Maßstäben, die überhaupt jemals in der englischen Literatur galten. Das *Dschungelbuch* habe er zuerst mit zehn Jahren gelesen und nie aufgehört, es wiederzulesen: »Es ist nun so sehr Teil meiner selbst wie *Tausendundeine Nacht*, Grimms Märchen, Aesops Fabeln oder auch das *Ramayana* und das *Mahabharata*.« Anders als Orwells anonyme Autoritäten stellt Chaudhuri fest, Kipling sei gleichermaßen zuhause gewesen »in unseren Ebenen, Hügeln und Bergen«; in *Kim* gebe es nicht nur zauberhafte Beschreibungen des Himalaya, »sondern ein Bild der grünen Zeit auf der großen Ebene, das in seiner Kombination aus Romantik und Wirklichkeit unheimlich ist. Wir Inder werden niemals aufhören, Kipling dankbar dafür zu sein, daß er uns die vielen Gesichter unseres Landes in all ihrer Schönheit, Kraft und Wahrheit gezeigt hat.« Vor allem aber sei Kipling einzig unter allen westlichen Autoren in einer anderen Hinsicht: seiner Behandlung »der größten Realität Indiens, die aus dem Leben der Menschen und Religionen in der Doppelszenerie der Berge und Ebenen besteht. Diese vier sind die wichtigsten und wirklichsten Charaktere in *Kim*«.

Natürlich sei Kipling aber auch ein sturer Angelsachse gewesen, arrogant, Imperialist und grob nicht nur, aber besonders zu den Bengalen, denen Chaudhuri angehört. Sicher ist es diese Ambivalenz, die RK so schwierig und so fesselnd macht und die ihm selbst sehr bewußt war – er danke, schrieb er im Gedicht vom »Two-sided Man«, Allah für die beiden verschiedenen Seiten seines Kopfes[32]. Aber selbst die düstere, grobe Seite, die Chaudhuri ebenfalls betont, ist so einfach nicht. Chaudhuri schreibt z. B., wenn man eine wirklich häßliche Geschichte lesen wolle, solle man »The Head of the District« lesen. Darin geht es um eine gerade erst befriedete Region in Britisch-

Indien; als der englische District Commissioner (den die »Befriedeten« als *Krieger*, nicht als *Engländer* akzeptiert haben) stirbt, ernennt die Regierung einen gebildeten Bengalen zu seinem Nachfolger. Es kommt zu Unruhen und Blutvergießen, der Bengale flieht, und ein Engländer stellt die Ordnung wieder her. So gelesen ist es eine »imperialistische« Erzählung – aber: Die unruhige Region befindet sich im islamischen Nordwesten, die Pathanen betrachten den Bengalen als Beleidigung, da sie seit Jahrhunderten immer, wenn sie plündern oder Frauen rauben wollten, nach Bengalen gezogen sind, und der Bengale ist von Kind an mit Geschichten von den bösen Räubern aus dem Norden zu Wohlverhalten gebracht worden. Ferner ist er Hindu und durchaus fähig, wie RK mehrfach betont, einen Distrikt in Bengalen zu verwalten, was er mit Erfolg getan hat. Das ehemals britische Indien wurde 1947 ja nicht deshalb geteilt, weil die einzelnen Völker und Religionen besonders gut miteinander ausgekommen wären. »The Head of the District« ist keine Erfindung von RK zur Diffamierung bengalischer Babus, sondern die brutal realistische Darstellung eines nach wie vor bestehenden Problems.

Im Rückblick auf die Kipling-Kritik bis etwa 1950, die zwar seine Popularität nicht mindern konnte, ihn aber in literarischen Kreisen lange zur Unperson machte und die zum Teil immer noch kursierenden Schlagwörter lieferte, schrieb Bonamy Dobrée 1967, RK sei »grotesker mißverstanden, verzerrt und folglich verleumdet worden als jeder andere bekannte Schriftsteller«[33]. Die zahlreichen sachlichen Untersuchungen, die seit Carringtons Kipling-Biographie von 1955 erschienen sind, haben bisher wenig dagegen ausrichten können. In seiner Bestandsaufnahme *Rudyard Kipling und seine Kritiker* schrieb Edgar Mertner 1983, im Grunde bleibe noch fast alles zu tun, um RKs literarische Statur glaubwürdig zu bestimmen[34].

Anders als über den »öffentlichen« gibt es über den privaten Kipling kaum ein böses Wort – gütig, liebevoll, witzig, hilfsbereit sind die Bezeichnungen, die in der umfangreichen Memoirenliteratur immer wieder auftauchen. »Viele kannten die Kraft, aber nur wenige die Sanftheit seines Wesens«[35], denn der private Bereich war den Freunden, ihren Kindern und seiner eigenen Verwandtschaft vorbehalten, die für RK immer eine wichtige Rolle spielte.

Sein Vater John Lockwood Kipling (1837–1911), Sohn eines Methodistenpfarrers, hatte in London Kunst und Bildhauerei studiert und beim Bau des Victoria-and-Albert-Museums mitgewirkt. 1862 ging er als Designer zu einer großen Porzellanmanufaktur in Burslem, wo er die Familie Macdonald kennenlernte. Vater Macdonald war ebenfalls methodistischer Reverend, der zweite Sohn trat in seine Fußstapfen. Der ältere Sohn hatte in Oxford studiert und brachte Edward Burne-Jones, William Morris, Swinburne und die Rossettis in den Familienkreis. Von den fünf Schwestern blieb eine (Edith) ledig. Georgiana Macdonald heiratete den Präraffaeliten Burne-Jones. Louisa vermählte sich mit dem Industriellen und Politiker Alfred Baldwin; aus der Ehe ging der spätere Premierminister Stanley Baldwin hervor. Agnes heiratete den Maler und späteren Präsidenten der Royal Academy Edward Poynter.

Alice Macdonald schließlich heiratete im März 1865 John Lockwood Kipling, der eben zum Leiter der Mayo School of Art in Bombay berufen worden war, einer Schule, die das aussterbende indische Kunsthandwerk retten sollte.

Alice galt als bemerkenswert scharfsinnige und schlagfertige Frau – »the wittiest woman in India«. Lockwood Kipling wurde von seinem Sohn später liebevoll als der gütige Kurator zu Beginn von *Kim* portraitiert; er war an allem interessiert, besaß ein ungeheures Gedächtnis und war theoretisch wie praktisch Experte in allen Bereichen »der darstellenden Kunst – Skulptur, Modellieren und Gravieren, kunstfertiger Umgang mit Metallen, Holz und Ton, industrielle Prozesse ... Er schien sowohl von allem einiges als auch von einigem alles zu

Alice Kipling geb. Macdonald (1837–1910)

John Lockwood Kipling (1837–1911)

Alice Kipling mit RK, 1866

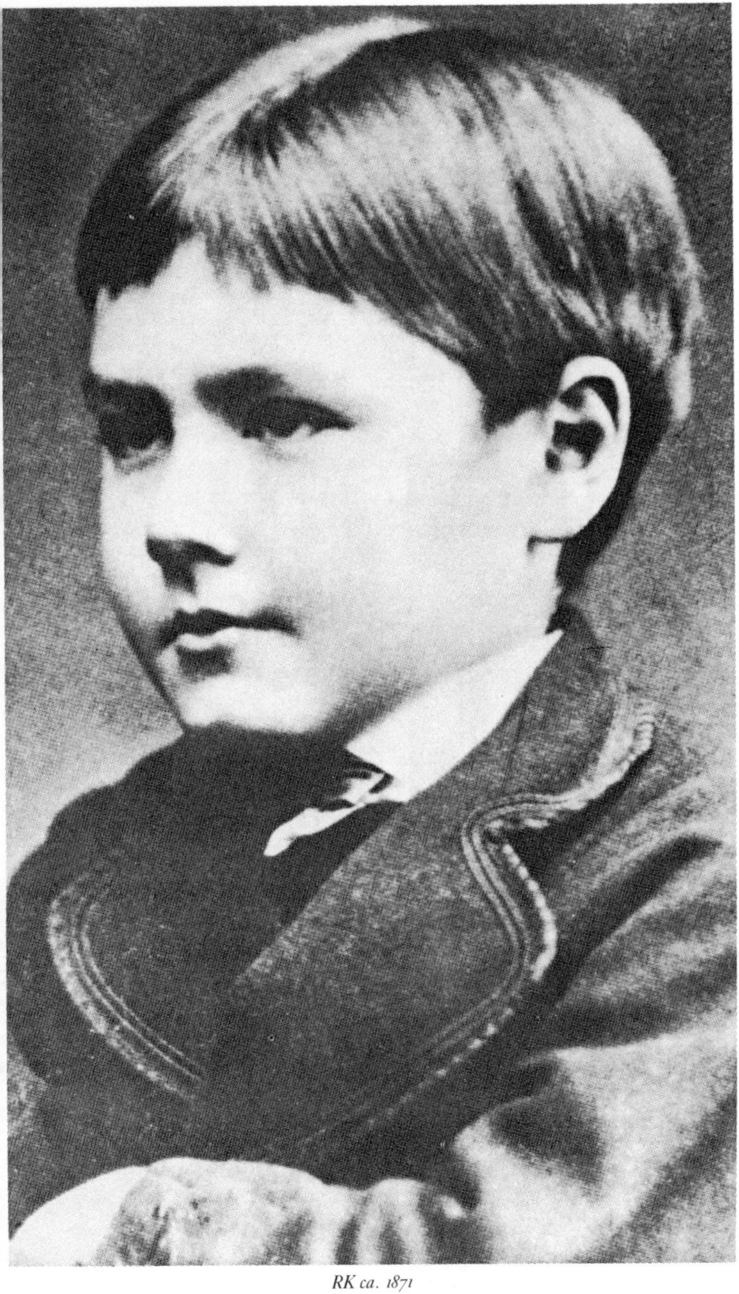

RK ca. 1871

United Services College, Westward Ho!, North Devon (konzipiert als Badehotel; Zeichnung des Architekten)

RK ca. 1882

RK ca. 1885

Lahore ca. 1870, Blick von der Wazir-Khan-Moschee

In Simla

Simla, unterer Basar

Das Haus der Kiplings in Lahore, Zeichnung von John Lockwood Kipling

Titel einer Erstausgabe 1888

RK in London, 1891

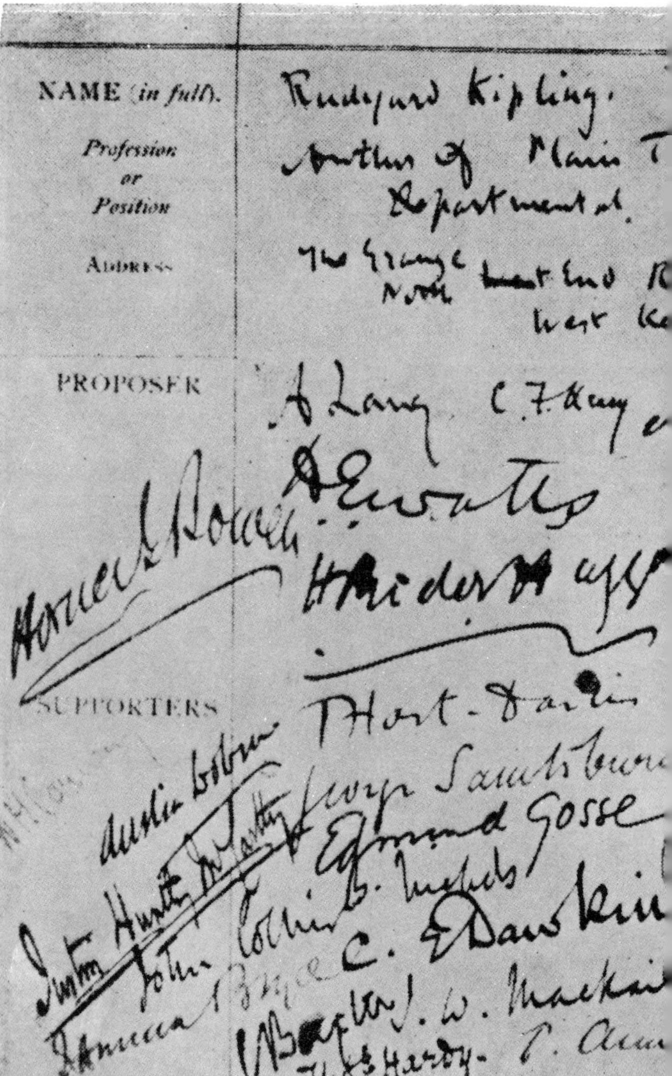
NAME (in full). Rudyard Kipling.
Profession or Position. Author of Plain T
Departmental.
ADDRESS. The Grange North End R
West Ke
PROPOSER. A. Lang. C. F. Keary
SUPPORTERS. George Saintsbury
Edmund Gosse
Austin Dobson
C. E. Dawkins
J. W. Mackail
Thos Hardy

Haffmans Verlag AG
Haus zum Raben im Waldgarten
Postfach

CH-8057 **Zürich**

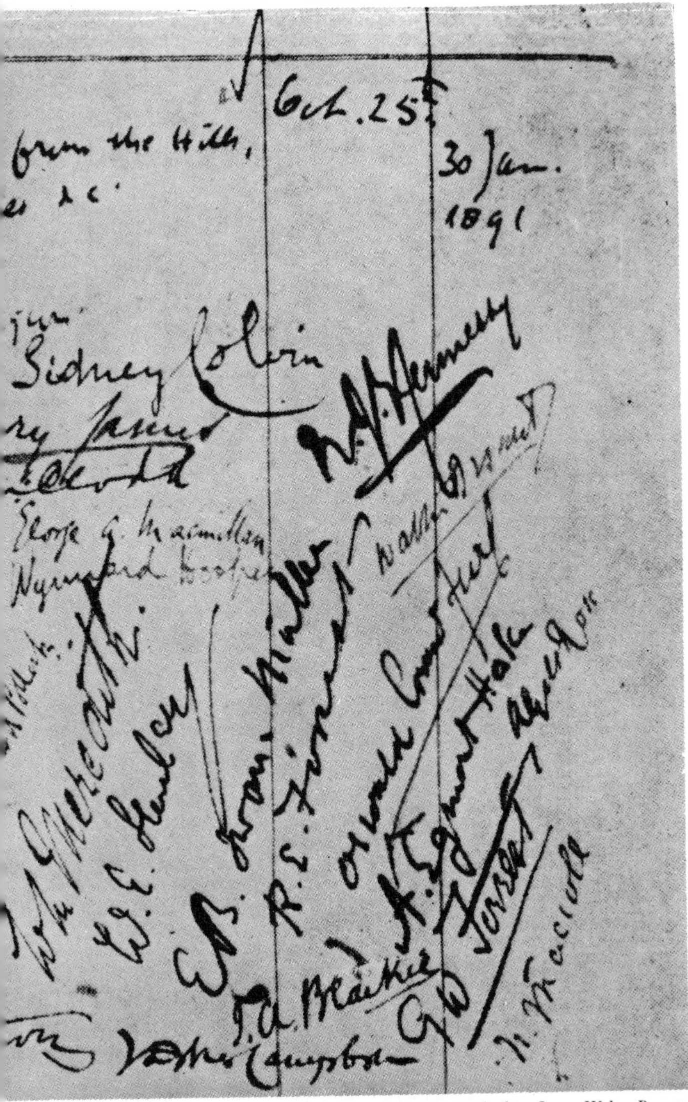

RKs Aufnahme in den Savile Club, befürwortet u. a. von Andrew Lang, Walter Besant, J. A. Blaikie, Sidney Colvin, Austin Dobson, Thomas Hardy, W. E. Henley, Henry James, Walter Pollock, George Saintsbury, Henry Rider Haggard.

Caroline Kipling geb. Balestier (1862–1939)

»Naulakha« bei Brattleboro, Vermont

RK im Arbeitszimmer, »Naulakha«, ca. 1894

Titelblatt einer Vertonung von RKs Ballade »Mandalay«

Die Kinder, London, 1898;
von links: Elsie (1896–1976), John (1897–1915),
Josephine (1892–1899)

RK 1899, Portrait von Sir Philip Burne-Jones (1861–1926)

wissen«[36]. Überdies war er ein glänzender Prosastilist; sein Buch *Beast and Man in India*, dem RK viel Material für die *Jungle Books* verdankte, ist immer noch lesenswert. Beide Eltern waren bis zu ihrem Tod die wichtigsten und schärfsten Kritiker ihres Sohnes.

Joseph Rudyard Kipling wurde am 30. Dezember 1865 in Bombay geboren. Die Eltern, gesättigt von zu viel Methodismus in ihren Familien, ließen ihn zwar taufen, verschonten ihn aber sonst mit Religiosität. Seine Amme war eine Katholikin aus Goa; Hausdiener nahmen den jungen RK abwechselnd in Moscheen und Hindutempel mit. Später ließ er seine Kinder nicht taufen, erhob aber auch keine Einwände, als sein Sohn John mit 16 Jahren der anglikanischen Kirche beitrat. »Ich schätze, jeder muß seinen Glauben gemäß seiner eigenen Wellenlänge selbst entwickeln, und es ist nur zu hoffen, daß die Große Empfangs-Station darauf eingestellt ist, *alle* Wellenlängen aufzunehmen.«[37]

Mit der 1868 geborenen Schwester Alice (»Trix«) wurde RK 1871, wie damals unter Angloindern üblich, zur Schulzeit nach England geschickt. Während Trix mit der »Pflegemutter« in Southsea gut zurechtkam (Mrs. Holloway hatte sich immer eine Tochter gewünscht), litt RK jahrelang stumm unter Bigotterie und ewigen Prügeln. Im Gegensatz zur sehr kleinen Schwester hatte er deutliche Erinnerungen an Bombay und das Familienleben, und mit frühem Stoizismus ging er davon aus, seine Eltern wüßten, was er durchmachte, und es sei eine Prüfung, die er überstehen müsse. So schrieb er in Briefen nach Hause (die außerdem von der Pflegemutter zensiert wurden) nichts von den Quälereien durch den älteren Sohn des Hauses. Einzige erlaubte Lektüre war die Bibel; es gab ausgeklügelt grausame Bestrafungen für alle möglichen Minimalvergehen; einmal nähte Mrs. Holloway ihm »Liar« (Lügner) auf die Jacke, damit man auch in der Schule wisse, was er sei. Seine frühe Kurzsichtigkeit wurde nicht erkannt, sondern als Arbeitsverweigerung gewertet und mit Essensentzug und Prügeln bestraft. RKs einzige direkt autobiographische Erzählung »Baa Baa Black Sheep« gibt einen Einblick in die düsteren Kindheitsjahre im »House of Desolation«, dem Haus der Trostlosigkeit.

Lichte Momente in den Jahren bis 1877 waren die Ferien im Haus der Burne-Jones' in London. Dort konnte RK mit Onkel Ned (Edward Burne-Jones) malen und modellieren und ließ sich von Onkel Topsy (William Morris) Privatversionen nordischer Sagas erzählen. Später erbat er den Glockenzug der Haustür, in der Hoffnung, etwas von dem Glück, das er zu Ferienbeginn verspürt hatte, wenn er dort läutete, möge sich auf alle Kinder übertragen, die bei ihm in Bateman's klingelten.

Erst als Trix zufällig ihrer Tante von den Dingen erzählte, die RK in Southsea mitmachen mußte, wurde die Familie alarmiert. Mrs. Kipling kam aus Indien, um ihren Sohn dort fortzuholen; als sie ihm am ersten Abend einen Gute-Nacht-Kuß geben wollte, hob er den Arm, um die erwarteten Schläge abzuwehren.

Die finanzielle Lage der Kiplings erlaubte es nicht, RK auf eine der etablierten Public Schools zu schicken. Wenige Jahre zuvor waren wie im Zivildienst auch bei Heer und Marine obligatorische Eingangsprüfungen eingeführt worden (vorher waren z. B. Offizierspatente käuflich). Die bestehenden Schulen mit ihrer humanistisch-theologischen Ausrichtung waren auf die Anforderungen dieser Prüfungen – Fitness, anwendbare Naturwissenschaften, z. B. für Navigation, und moderne Fremdsprachen – nicht eingerichtet. Folglich wurden bestehende Schulen reformiert und neue gegründet, und es entstanden »army crammers«, Paukschulen bzw. Repetitorien zur Vorbereitung auf die Prüfungen. Ehemalige Offiziere und Beamte gründeten 1874 an der Nordküste von Devon nahe Bideford das United Services College von Westward Ho!, benannt nach dem Drake-Roman von Charles Kingsley, dessen Handlung dort beginnt. Die Gebäude am Meer waren billig zu erwerben: Investoren hatten sich bei dem Versuch verspekuliert, dort einen Badeort zu erschaffen. Es war vor allem für Söhne von weniger finanzstarken Eltern gedacht und wurde von Cormell Price (»Onkel Crom«) geleitet, der zum Freundeskreis der Präraffaeliten gehörte. Dort verbrachte RK die Jahre bis Mitte 1882. Später machte er das College zum Schauplatz seiner *Stalky*-Geschichten.

In den letzten Schuljahren hatte er zu schreiben begonnen, Gedichte wie auch Artikel für das Lokalblatt, manchmal auf rabiaten Druck von Freunden, wenn keiner mehr Geld hatte, um die karge Schulkost aufzubessern. Ohne sein Wissen ließ die Mutter 1881 seine Juvenilia in Lahore als *Schoolboy Lyrics* drukken, zu denen sich RK später nur zähneknirschend bekannte. Es sind keine Meisterwerke darunter, wohl einige pfiffige Parodien auf Browning, Swinburne u. a. Interessant ist an den Gedichten vor allem, daß RK zu einer Zeit, da die meisten angehenden Dichter *sich* ausdrücken wollen, bereits mit Formen, Wortarten und Klangfarben experimentierte, um jeweils *etwas* bestmöglich auszudrücken. Aufzeichnungen seiner Freunde Beresford (»M'Turk«) und Dunsterville (»Stalky«)[38] deuten an, daß RK mit dem Gedanken gespielt haben muß, sich auf eigene Faust im literarischen London durchzuschlagen, und gar nicht so dringend nach Indien zurückkehren wollte; außerdem absolvierte er gerade eine stürmische Romanze samt halboffizieller Verlobung, die später brieflich gelöst wurde.

Ein großer Teil seiner für das frühe 20. Jahrhundert absolut ungewöhnlichen Erziehungsprinzipien, wie sie sich in den Briefen an seine Kinder, *O Beloved Kids*, finden, dürfte Reaktion auf eigene Erfahrungen gewesen sein. Er hatte Jahre im »Exil« verbringen müssen; also schickte er seinen Sohn auf eine Schule, die für die Eltern jederzeit erreichbar war. Als Anlaufpunkt für den Jungen lebte außerdem die geliebte Tante Georgie ganz in der Nähe. (Ein entsprechendes College für Mädchen gab es zu dieser Zeit nahe dem ländlichen Burwash nicht, was der Hauptgrund dafür gewesen sein dürfte, daß Elsie zu Hause erzogen und unterrichtet wurde.) Auch der Stoizismus, den er John in den Briefen nahelegt – die Zähne zusammenbeißen, keine Gefühle zeigen, nicht prahlen usw. –, entspringt nicht nur dem spöttisch »anglospartanisch« genannten Kodex der Zeit; ohne derartige Selbstdisziplin hätte RK kaum seine widrige Kindheit überstanden. In der Familie galt dieser stoische Kodex nicht; zu Hause gab es Wärme, Liebe und Zuspruch – auch dies völlig ungewöhnlich für jene Zeit. Vergleicht man z. B. die Schulgeschichten und Erinnerungen von RKs Zeitgenossen wie Maugham, Wodehouse, Walpole u. a., stellt man fest, daß der anglospartanische Kodex gerade von den Vätern auch zu Hause eingehalten wurde. RK hingegen war nach damaligen Maßstäben ein ausgesprochen »mütterlicher« Vater.

Elsie schrieb später über das Familienleben: »Von unseren frühesten Jahren an waren die Beziehungen zwischen meinem Vater und uns Kindern eng und innig, und seine Geduld ... war unendlich ... Die liebevolle, aber feste Disziplin ... lag in den Händen meiner Mutter ... Keinesfalls betrachteten wir meinen Vater als schwebendes Genie, noch hatten wir besondere Ehrfurcht vor seinen Schriften; viele Jahre lang blieben sogar die meisten seiner Bücher von uns Kindern ungelesen, und erst nach seinem Tod las ich erstmals *Kim*. Von klein auf standen seine Bücherregale uns offen, und der einzige Versuch, unsere Lektüre einzuschränken, war der Hinweis, bestimmte Bücher würden uns mehr interessieren, wenn wir älter wären. Stundenlang las er uns mit seiner ausdrucksvollen und flexiblen Stimme vor ... Seine großen Kenntnisse der englischen und französischen Literatur machten ihn zu einem wunderbaren Lese-Führer.«[39] RK sprach fließend Französisch, die Kinder wuchsen zweisprachig auf; RK und John erfanden einen Familienjargon, *anglais-français*. Stanley Baldwins Tochter Lorna Howard nennt mehrere unübersetzbare Beispiele: »Ne fussez-pas vous-même, vieille fève – Don't fuss yourself, old bean«, oder »Venez ici, old collez-dans-la-boue – Come here, old stick-in-the-mud«[40]. Sie faßt für sich zusammen, was der Grundtenor fast aller Äußerungen über die Atmosphäre in Bateman's ist: »Bateman's Diele ... war für mich der Eingang zu Liebe, Verständnis, Friede und Lachen.«[41]

Was immer RK 1882 nach langem Exil bei seiner nicht ganz freiwilligen Rückkehr nach Indien an Ärger empfunden haben mag, verflog bei der Landung in Bombay. Im Verlauf der Eisenbahnfahrt nach Lahore, wo Lockwood Kipling inzwischen Kurator des Museums war, »fielen meine englischen Jahre von mir ab und kamen eigentlich nie wieder zurück«[42]. Hier ist der wichtigste emotionale Grund für RKs »Imperialismus« zu finden: Später entwickelte er Heimatgefühle für Sussex, aber weder für England (»von allen Auslanden ... das komischste«) noch für die USA, wo er nach seiner Heirat von 1892 bis 1896 lebte – in gewisser Weise war seine Heimat immer das Empire und speziell Indien. Die Jahre im »Familienviereck« in Lahore waren seine glücklichsten: »Ich erinnere mich nicht der kleinsten Reibung ... Wir zogen unsere Gesellschaft der anderer vor ... Wir waren nicht nur glücklich, sondern wir wußten es auch.«[43] Der Kontrast zwischen diesem Glück und den herben Jahren in England dürfte dazu beigetragen haben, daß RK sich später bemühte, ähnliche Geborgenheit in der eigenen Familie zu schaffen.

In Lahore brauchte er diesen Rückhalt, um die ungeheuren Strapazen zu überstehen. Mit nicht ganz 17 Jahren war er 50% der Redaktion der ›*Civil & Military Gazette*‹, arbeitete »niemals weniger als zehn und selten mehr als fünfzehn Stunden täglich«[44], auch mit 40° Fieber und zeitweilig chronischer Ruhr, auch in den heißen Monaten, in denen die Temperatur kurz vor Morgengrauen auf kühle 45°C sank und die meisten Europäer sich in die Berge verzogen. Seine frühen Artikel zeigen, daß er zunächst die Vorurteile und Überheblichkeiten der meisten Angloinder gegenüber den »natives« übernahm, innerhalb kurzer Zeit jedoch zu dem ganz anderen Verständnis gelangte, das sich später etwa in *Kim* niederschlug[45]. Sein Chefredakteur E. Kay Robinson schrieb später, statt in Clubs habe RK lange erstickende Nächte in der Unterwelt der schlimmsten Teile der »eingeborenen« Altstadt von Lahore verbracht. Kipling, der Hindi, Urdu und ein wenig Punjabi sprach, »kannte die winzigsten Details, was Gebräuche, Sprache und Denken angeht. Ich erinnere mich besonders an einen langen Pathanen ... [namens] Mahbub Ali ..., der Kipling als ganz etwas anderes als die übrigen ›Sahibs‹ betrachtete. Nach jeder seiner Reisen ... erschien Mahbub Ali schmutziger und majestätischer als zuvor zu vertraulichem Gespräch mit seinem Freund ›Kuppeleen Sahib‹ ...« An der Karawanenstraße stand ein breiter Pipal-Baum neben einer Quelle; »dort hockten jeden Tag nackte, aschebeschmierte Fakire im Kreis; sie warfen vorbeifahrenden Europäern finsterste Blicke zu, aber für Kipling war immer Platz in diesem Zirkel.« Er kannte auch die Gedanken der einfachen englischen Soldaten, »besser als ihr Sergeant oder ihr Kaplan«; die eurasischen Mischlinge »scheinen Kipling ihre Seelen geöffnet zu haben ... Einige seiner besten Werke sind dem Leben dieser Menschen entnommen; dem gewöhnlichen Angloinder hingegen, dessen soziale Kastenbeschränkungen fast noch erbarmungsloser sind als die des Hindu, den er aus eben diesem Grund zu verachten beliebt, ist dieses Leben ein Buch mit sieben Siegeln.«[46]

Die Erfahrungen seiner »seven years hard« in Indien, der Subkontinent selbst mit seinen Kontrasten, Konflikten und Katastrophen führten zur Ausprägung einer stoisch-pessimistischen Philosophie, die in groben Zügen den Existentialismus vorwegnimmt und Hauptgrund für RKs späteres unerbittliches Festhalten an der zivilisatorischen Mission des Empire war. Kernpunkt ist (immer groß geschrieben) »the Law«, das GEsetz, ein von vielen Kommentatoren als »weiterentwickeltes Tao«[47] bezeichneter naturrechtlicher Komplex, der viele Elemente der Stoa, aber auch des Buddhismus enthält. In einem Versuch, die Denk- und Schreibarbeit von 50 Jahren zusammenzufassen, könnte man es etwa so formulieren:

Es gibt kein *einheit*liches *Uni*versum; der Kosmos hat entweder gar keine Regeln, oder sie sind so unerforschlich, daß sie uns absurd erscheinen müssen, was auf das gleiche hinausläuft. In harter Arbeit können Wälle gegen die Finsternis gebaut und Inseln des Lichts und der Ordnung errichtet werden, aber früher oder später brechen die Wälle durch Druck von außen oder Fehler von innen zusammen, und Chaos überspült die Inseln. (Eines der vielen »Sisyphos«-Symbole bei RK ist der römische Centurio einiger *Puck*-Geschichten, der den Hadrianswall gegen die Barbaren verteidigt, obwohl er weiß, daß Rom gefallen ist.) Nur in harter Zusammenarbeit mit anderen, in der Gruppe, gewinnt der Mensch seine Identität; Gruppensprache, -riten etc. sind immaterieller Teil des Walls. Innerhalb des GEsetzes sind alle gleichrangig, ob sie es nun als Soldaten, Seeleute, Künstler oder Handwerker befolgen. Was als RKs »Militärmystik« bezeichnet wird, ließe sich, je nach der betrachteten Erzählung, auch als Seemanns-, Bauern- oder Ingenieursmystik bezeichnen und hat nichts Mystisches. Chesterton stellte schon 1905 abstrahierend fest, das eigentliche Thema nicht nur der Soldatengeschichten RKs sei Disziplin, jene Disziplin, die laut H. G. Wells den frühen Sozialisten völlig fehlte und die er erst von Kipling gelernt habe[48]. Noël Annan nennt RK den ersten soziologischen Autor der Moderne: »Er sieht Menschen, die sich in einem definierbaren Flechtwerk sozialer Beziehungen bewegen, welches ihnen einen der jeweiligen Umwelt angemessenen Verhaltenskodex auferlegt.«[49] Ein Beispiel hierfür ist der fehlzitierte Kodex der »Dschungelgesetze« in den *Jungle Books*, eine Art Ausführungsbestimmung zum GEsetz. Nicht wegen »rassischer Überlegenheit«, was ihm gelegentlich unterstellt wird, sondern wegen ihres momentanen Vorsprungs hielt RK einige europäische Völker für fähig, diese notwendige Sisyphosarbeit zu leisten. Er ließ auch nie Zweifel an der Vergeblichkeit des ganzen Mühens aufkommen. »Soll Dreck doch Dreck aufschichten«, kommentieren die finsteren Hindugötter in »The Bridge Builders« (1893) im Bewußtsein ihrer Unsterblichkeit den Versuch, Mutter Gunga (Ganges) mit einer Brückenkonstruktion zu zähmen. Später faßte RK seinem Freund Rider Haggard gegenüber alles düster zusammen: Er glaube nicht an den Himmel, sei aber sicher, daß die Erde Hölle sei[50].

Um an diesen Abgründen entlangwandern zu können, brauchte er positive Gegengewichte: Arbeit (»harte Arbeit ist die beste Anästhesie«[51]) und vor allem den Freundes- und Familienkreis. Seine Kinderliebe war früh ausgeprägt, wie Aussagen von Bekannten aus seinen indischen Tagen und einige seiner ersten Erzählungen belegen. RKs Kusine Florence Macdonald: »Seine Kinderliebe war ein auffälliger Charakterzug; bei unseren Spaziergängen sprach er mit jedem Kind, das er sah, oder nahm mich in Pächterhäuser mit, um mich mit einem pummeligen Baby bekanntzumachen. Es war faszinierend, ihn mit Kindern spielen zu sehen, denn er wurde dabei selbst ein Kind und betrachtete das Spiel aus dem Blickwinkel eines Kindes. Weil ich zu erwachsen war, durfte ich nie mitspielen.«[52]

RKs Kinder haben Weltliteratur verursacht. Die *Puck*-Geschichten schrieb er für John und Elsie (die darin als Dan und Una auftauchen); die *Just So Stories* entstanden als Erzähl-Geschichten für seine inniggeliebte erste Tochter Josephine, »the daugther that was all to him«. Sie heißen deshalb *Just So Stories*, weil sie rituell immer gleich erzählt werden mußten, im gleichen Tonfall und ohne Änderungen im Text, »genau so«. R. L. Green[53] stellt sie in Sachen Kinderbuch auf Rang 2, knapp hinter den *Alice*-Büchern und weit vor *Pu der Bär*, und Chesterton nannte sie lautere Magie. Josephine Kipling wurde am 29. Dezember 1892 geboren und starb am 6. März 1899 sechsjährig. Vater und Tochter hatten sich beide in New York eine doppelseitige Lungenentzündung geholt. Während RK im Koma lag, wurden Gottesdienste für ihn abgehalten, Menschenschlangen vor dem Hotel blockierten den Verkehr auf der 7th Avenue, Tausende von Briefen und Telegrammen kamen aus aller Welt, Jack London schrieb einen Nachruf, täglich wurden Bulletins herausgegeben – solche Teilnahme würde heute keinem Dichter, allenfalls einem Popstar der Strahlkraft Elvis Presleys zuteil. Erst lange nach dem Höhepunkt der Krise erlaubten die Ärzte, daß man ihm den Tod seiner Tochter mitteilte. Caroline Kipling konnte es nicht tun; sie war nach der langen, aufreibenden Pflege beider Patienten zusammengebrochen. Frank N. Doubleday (aus dessen Initialen RK den türkischen Ehrentitel »Effendi« machte) wurde beauftragt. »Es war die schlimmste Aufgabe, die ich je übernommen habe, aber sie mußte erledigt werden. Ich setzte mich an sein Bett und sagte es ihm mit so wenig Worten wie möglich. Er lauschte schweigend, bis ich fertig war; dann drehte er sein Gesicht zur Wand.«[54]

Was in New York Sympathie und Teilnahme war, hatte sonst die Form von Zudringlichkeit. RK war mit 25 erfolgreich, mit 30 weltberühmt; ab 1895 konnte er keinen unbeobachteten Schritt mehr machen. Von Brighton aus wurden Sightseeing-Touren zum größten lebenden Schriftsteller unternommen, der in der Nähe, in Rottingdean, lebte. Manchmal herrschte vor dem Gartentor ein solches Gedränge, daß Freunde nicht mehr zu ihm durchkamen; eine Lady, die sich durch die Hecke gezwängt hatte und RK durch sein Arbeitszimmerfenster anstarrte, beklagte sich ernstlich (»How rude!«), als Kipling die Rolläden herunterließ. Seine Beschwerdebriefe an den Omnibusbesitzer wurden nicht beantwortet – RK-Autographen waren ein viel zu gutes Geschäft, um den Anlaß für ihr Schreiben zu beseitigen. Kleinere Schecks, die er ausgestellt hatte, wurden nicht mehr eingelöst, weil RKs Unterschrift mehr wert war als der Nennbetrag. Der Umzug in das nur über Feldwege zu erreichende Bateman's bei Burwash war ebenso eine Notwehrmaßnahme wie die generelle Abschirmung des

Privatlebens. Als Stoiker neigte RK außerdem ohnehin zur Diskretion.

Um dem »Höheren Kannibalismus« – Ausschlachtung des Privatlebens von Prominenten, Handel mit Briefen, Manuskriptentwürfen, Raubdrucken usw. – zu entgehen, waren Vorsichtsmaßnahmen nötig, die bei Kenntnis von RKs Popularität nicht mehr übertrieben wirken. Nach dem Tod seiner Mutter (1910) verbrannte RK seine von ihr gesammelten Briefe an die Eltern; Manuskripte wurden nicht mehr abgeschickt, sondern zuerst von wechselnden Sekretärinnen abgetippt. Als Doubleday eines Tages unangemeldet in Bateman's auftauchte, fand er RK vor dem Kamin – in dem ein Feuer flackerte, genährt von Manuskripten. Der Verleger des Nobelpreisträgers fragte entsetzt: »Um Gottes willen, Rud, was tust du da?« Kipling grinste. »Tag, Effendi. Ich habe alte Papiere durchgesehen und angefangen zu denken. Keiner soll einen Affen aus mir machen, wenn ich tot bin.«[55] Er verfügte testamentarisch, daß erhaltene Manuskripte (in der Sammlung des British Museum) nicht verwendet werden sollten, um »kritische« Editionen seiner Werke zu erstellen – er habe sich mit der endgültigen Fassung so viel Mühe gegeben, daß man die mängelbehafteten Vorstudien ignorieren solle.

RK hatte zu veröffentlichen begonnen, als Maupassant, Zola, Mark Twain, Tennyson, Nietzsche, Fontane und Storm noch schrieben; als er starb, waren *Ulysses*, *A la recherche du temps perdu*, *Der Zauberberg*, *Das Schloß* und *Aufstand der Massen* längst erschienen. Er hatte den Nobelpreis erhalten, war gefeiert und beschimpft worden; am Ende des Ersten Weltkriegs war er erst 53 Jahre alt. Er hatte eine Tochter durch Krankheit und den Sohn im Krieg verloren; in seiner unvollendeten lakonischen Autobiographie (in der, wie in all seinen Werken, keine Silbe geschrieben steht, die er nicht bewußt schreiben wollte) schweigt er über diese persönlichen Tragödien. Mit Stoizismus und eiserner Disziplin arbeitete er weiter. Er nahm seine eingegangenen öffentlichen Verpflichtungen ernst (Mitglied der Kriegsgräberkommission, zeitweilig Rektor der St. Andrew's University, Mitglied des Ausschusses, der in Oxford über die Rhodes-Stipendien entschied), akzeptierte akademische Ehrungen, die dem Werk galten, und lehnte weiterhin der Person zugedachte politische Auszeichnungen wie Orden und Adelstitel ab. Und in der Formulierung von J. L. Borges: »Bis zum letzten Augenblick hat er literarische Experimente durchgeführt. Bewundernswert und verschwiegen hat er sich bis zum Ende immer wieder erneuert.«[56] In den Jahren nach dem Krieg entstanden die unvergleichlich kompakten Erzählungen und Gedichte seines »Spätwerks«. Mit »Dayspring Mishandled« legte er 1928 sein vielleicht erstaunlichstes Stück Prosa überhaupt vor, die Geschichte einer fehlgeschlagenen Rache und die Studie der in sie verwickelten Charaktere – ein Werk, zu dem Henry James 340 Seiten gebraucht hätte, ohne reichhaltiger oder profunder sein zu können. Bei RK sind es 34 Seiten.

In seiner vorletzten Erzählung, »Proofs of Holy Writ«, 1934, läßt er den »akademischen« Autor Ben Jonson und den »intuitiven« Shakespeare, der dem Drucker einen Gefallen schuldet, aus Korrekturfahnen vorliegender Versionen die endgültige »King-James-Bibel« erstellen – 20 Seiten, aus denen mehr über das Handwerk des Schriftstellers und das Entstehen von Literatur zu entnehmen ist als aus allen theoretischen Abhandlungen. Witzig ist die Erzählung obendrein.

RKs Tod wurde überschattet vom Ableben des Königs, mit dem ihn eine diskrete Freundschaft verbunden hatte. Da er wegen seiner Person nie viel Aufhebens gemacht hatte, wäre es RK sicher recht gewesen zu sehen, daß sein Tod nur die zweite Meldung des Tages war. Anders als bei Thomas Hardy, den RK mit zu Grabe getragen hatte, bestand die Trauergemeinde bei seiner Beisetzung nicht aus Literaten, sondern aus *men of action*. Es war zweifellos ziemlich, daß der Sarg des Mannes, der sich immer aus literarischen Cliquen und Fehden herausgehalten hatte, nicht von Autoren, sondern von einem General, einem Admiral, dem Premierminister und einigen nichtliterarischen guten Freunden getragen wurde. Ebenso ziemlich war es aber, daß er am 23. Januar in einer Gesellschaft beigesetzt wurde, in die er auch literarisch gehört: als bis heute letzter im Kreis der größten englischen Dichter in Poets' Corner, Westminster Abbey.

Anmerkungen
(genaue Angaben zu Titel und Ort vgl. BIBLIOGRAPHIE)

1 Carrington nennt ca. 7 Mio. für Macmillan und ca. 8 Mio. für Doubleday; hinzu kommen die Gedichtbände bei Methuen bzw. Hodder & Stoughton; vgl. »Ausgaben«.
2 KJ (Kipling Journal) Sept. 1984.
3 Bodelsen, Tompkins, Gilbert, Green u. a.
4 ›*Civil & Military Gazette*‹, Lahore, später ›*Pioneer*‹, Allahabad.
5 »Kipling's World« in *Kipling and the Critics*, ed. Gilbert.
6 z. B. Buchanan, s. u.
7 Vorwort zu *El informe de Brodie*, Buenos Aires 1970.
8 vgl. Bodelsen, passim.
9 alle Zitate aus *Something of Myself*, Kap. III und IV.
10 vgl. Gilbert, *The Good Kipling*.
11 z. B. *The Concise Oxford Dictionary*[5], repr. 1969.
12 Brief an Rev. J. Gillespie vom 16-X-1895, zitiert bei Carrington, p. 361 n.
13 »The Voice of the Hooligan« in *The Critical Heritage*, ed. Green.
14 Vorwort zu *The Portable Kipling*, ed. Irving Howe, New York 1982.
15 zitiert bei Henri Troyat, »Préface« zu *Madame Bovary*, Éditions J'ai lu, Paris o. J.
16 *Something of Myself*, Kap. VI.
17 *The Art of Rudyard Kipling*, Kap. II und VI.
18 »Introduction« zu *O Beloved Kids*.
19 »The True Function and Value of Criticism« in *Critical Heritage*.
20 vgl. STIMMEN.
21 Carrington, p. 348.
22 »Rudyard Kipling« in *Kipling and the Critics* et. al.
23 Wilson, p. 116f.
24 »The Islanders« in *The Five Nations*.
25 Corelli Barnett, *Britain and Her Army 1509–1970*, IV, London 1970.
26 zitiert bei Orel, p. 256.
27 ›*Sunday Telegraph*‹ 19-1-1986.
28 mündl. Information pakistanischer Gewährsleute aus Bradford.
29 vgl. BIBLIOGRAPHIE.
30 op. cit. p. 178f.
31 »The Finest Story about India – in English«, ›*Encounter*‹, Apr. 1957.
32 in *Songs from Books*, teilweise in *Kim*.
33 *Realist and Fabulist*, »Preface«.
34 vgl. BIBLIOGRAPHIE.
35 A. W. Baldwin in KJ March 1968.
36 Frederic W. Macdonald, *As a Tale that is Told*, 1919.
37 zitiert bei Carrington, p. 509.
38 vgl. Dunsterville und Beresford in BIBLIOGRAPHIE.
39 Elsie Bambridge, »Epilogue«, in Carrington op. cit.
40 in KJ Sept. 1985.

41 in KJ March 1985.
42 in *Something of Myself*, Kap. III.
43 ibid.
44 ibid.
45 vgl. Cornell (BIBLIOGRAPHIE) und Enamul Karim, »Kipling's India« in KJ Sept. 1985.
46 in Orel, p. 67f.
47 z. B. Green in *Kipling and the Children*.
48 in *The New Machiavelli*, 1911.
49 »Kipling's Place in the History of Ideas«, *Victorian Studies*, Bloomington, Indiana, 3, 1959/60.
50 Tagebucheintragung von Haggard in Cohen, ed. (vgl. BIBLIOGRAPHIE).
51 in »Surgeons and the Soul«, *A Book of Words*.
52 »Some Memories of my Cousin« in Orel, p. 16f.
53 *Kipling and the Children*, passim.
54 Orel, p. 250f.
55 ibid. p. 298.
56 vgl. STIMMEN.

AUF SCHLECHT DEUTSCH

»Imperialist« ist auch bei uns das häufigste Stichwort, wenn Rudyard Kipling irgendwo erwähnt wird. Es käme zwar niemand auf den Gedanken, Politiker an ihren Sonetten, Einstein an seinem Violinspiel oder Rembrandt an seiner Flugtauglichkeit zu messen, aber bei Literatur ist alles erlaubt. Vielleicht sollte man den Komplex Imperialismus in sachlichem Rückblick erst dann diskutieren, wenn nach Indien und Pakistan auch die ehrwürdigen islamischen Fürstentümer Samarkand und Buchara oder Tibet Unabhängigkeit und Selbstbestimmungsrecht erreicht haben.

Gelegentlich wird eingeräumt, er sei »Indien-« bzw. »Kinderbuch-Autor«; aber so, als sei beides eigentlich ehrenrührig. Beide Bereiche zusammen machen nicht einmal ein Viertel seines Werks aus; billigerweise darf man dann auch von Shakespeare als Verfasser von Sonetten und Lustspielen reden und seine Dramen ignorieren.

Trotz aller Bemühungen, Kipling im deutschen Sprachraum durch Preis (Zuckmayer) oder Plagiat (Brecht) heimisch zu machen, ist er dem Publikum fast nur als Kinder- und Indien-Autor, der Akademe kaum bekannt. Es gibt eine Reihe schlechter Gründe hierfür, die es erklären, wenn auch nicht entschuldigen. Da ist einmal die Tatsache, daß RKs Bedeutung trotz *Kim* vor allem in seinen Leistungen auf dem Gebiet der kurzen Erzählung liegt, einer hierzulande geringgeachteten Form. (So sind auch Hemingways schlechte Romane bei uns weitaus besser bekannt als seine guten Stories.) Offenbar muß man, um zu gelten, den hohen, breiten, langen und tiefen Roman schreiben. Auch fühlen sich gerade Kenner der kurzen Form durch RKs von Leben strotzende, die ganze Welt umfassende Prosa eher beunruhigt als angetan – es gibt hier nichts Vergleichbares, nur viel Betulichkeit.

Hinzu kommt etwas, das wohl nur mit deutschprofessoralem Hang zu »Tiefe« zu erklären ist. Unsere Volksschriftsteller sind in der Regel spannend, aber vom Schreibhandwerk her bestenfalls unbedeutend; handwerklich hochstehende Literaten hingegen interessieren sich meistens nicht für das schlechthin Lesbare. (In einem Gespräch über Stevenson brachte ein Germanist es auf die knappe Formel: »Ist lesbar, ist spannend – taugt nix.«) Daß Kipling, technisch vielleicht der perfekteste Erzähler überhaupt, einerseits Kritikern und Wissenschaftlern bis heute ungelöste Probleme zu knacken gab und bis ins hohe Alter experimentiert hat, dabei andererseits immer lesbar, spannend und witzig blieb, ist dann fast empörend.

Nicht zu übersehen ist jedoch, daß das bisher deutsch vorliegende Material besseren Zugang kaum erlaubt. Kiplings Englisch ist heute noch frisch, das Deutsch seiner Übersetzer war zu Beginn des Jahrhunderts bereits antiquiert. Außerdem wurde unbekümmert weggelassen, verstümmelt, Personennamen wurden aus dubiosen Gründen verändert (so wurde aus »Judson and the Empire« »Jephson und das Reich«). Insgesamt läßt sich sagen, daß in den nahezu ausnahmslos erbärmlichen Übersetzungen der Inhalt der Geschichten wiederzufinden ist, während den Übersetzern die Tatsache entging, daß es sich um bewußte, in jedem Wort und jeder Schattierung kalkulierte Kunst handelt. Besonders schlimm ist es beim *Dschungelbuch*, das erbarmungslos verniedlicht wurde und mit dem straffen Original kaum noch Ähnlichkeit hat.

Verantwortlich ist vor allem der List-Verlag, der seit über 60 Jahren die Vorzüge von Longsellern wie *Kim* und *Dschungelbuch* genießt, an Neuübertragungen und einer wenigstens halbwegs identifizierbaren Edition jedoch kein Interesse zeigte (wie ich seit 1981 weiß). Die dreibändige Ausgabe der »Gesammelten Werke« enthält mehr oder minder vollständig die bekannteren

»Kiplings« in der genannten Qualität – dazu wahllos aus neun verschiedenen Bänden zusammengeworfene Erzählungen, ohne Hinweis auf Kontext, Originalband, Originaltitel. Von zehn unter »Geschichten aus Simla« geführten Erzählungen spielen z. B. ganze zwei in Simla, zwei in England und die restlichen sechs in Kalkutta, Madras und sonstwo in Indien.

Im Verlauf der Bearbeitungen älterer Übersetzungen kam es z. T. zu Verschlimmerungen, z. T. zu weiterem Gewirre. Einige kurze Beispiele, die sich nur auf Titel beziehen:

In der Erzählung »Love-o'-Women« geht es nicht nur um die Erlebnisse des gleichnamigen Soldaten, sondern vor allem um unterschiedliche Formen der Liebe von und zu Frauen; während der erste Übersetzer Lindau dies sah und »Frauenlieb« übersetzte, machte Lehmann in der Überarbeitung daraus »Poussierstengel«, wodurch (vom Geschmack ganz abgesehen) das eigentliche Thema der Erzählung aus dem Titel verschwindet; der Roman *Captains Courageous* (etwa »Kühne Kapitäne«, wenngleich in der Ballade »Mary Ambree«, der der Titel entnommen ist, »Kühne Hauptleute« gemeint sind) verfällt von *Brave Seeleute* (Vita) zu *Fischerjungs* (List); in den Schulgeschichten *Stalky & Co.* definiert RK selbst *stalky* als »gerissen, einfallsreich« und bezieht es auf *to stalk*, »pirschen«. Die deutschen Übersetzer beziehen den Namen des Protagonisten auf *stalk*, »Stiel, Stengel« und machen daraus zunächst *Lange Latte und Genossen* (Vita), dann *Staaks und Genossen* (List).

ÜBERSETZUNGSBEISPIELE

Das erste Beispiel bedarf eines kurzen Kommentars; es zeigt die Subtilität, mit der Kipling arbeitete und die Sprache kontrollierte, die hier die beschriebenen Bewegungen imitiert. Der Passus läßt sich metrisch darstellen:

..'.'.'|'..'.||'..'..'.'..'.'

Die Zäsuren und Metrikwechsel entsprechen dem Auftauchen des Kopfes und dem Beginn der Wellenbewegung; dem kurzen, gewissermaßen die Sicht abschneidenden »left« (»links«) des Originals entspricht »rechts«, wodurch allerdings die Position der Beobachter von Steuerbord nach Backbord verlegt wird.

. . ., and a second head and neck tore through the levels, driving a whispering wall of water to right and left.

(*Many Inventions*, "A Matter of Fact")

Ein zweiter Kopf und Hals wurden sichtbar, die die Oberfläche durchschossen und einen rauschenden Wall von Wasser zur Linken und zur Rechten vor sich hintrieben.

(Lindau, *Mancherlei neue Geschichten*, »Eine Thatsache«)

: ein zweiter Kopf und Hals durchfurchte die Meeresfläche, einen rauschenden Wall von Wasser zur Linken und zur Rechten aufwühlend. (Reisiger, *Die schönste Geschichte der Welt*, »Eine Tatsache«)

. . ., und ein zweiter Kopf und Hals riß durch die Fläche, trieb eine wispernde Wand aus Wasser nach links und rechts.

(Zürcher Edition, 1987, *Vielerlei Schliche*, »Tatsache«)

“But the *Times* might”, I began.

Keller flung his paper across the carriage, and it opened in its austere majesty of solid type—opened with the crackle of an encyclopaedia.

“Might! You *might* work your way through the bow-plates of a cruiser. Look at that first page!”

“It strikes you that way, does it?” I said. “Then I'd recommend you to try a light and frivolous journal.” (“A Matter of Fact”)

»Die Times würde vielleicht . . . Versuchen Sie es doch.«

»Versuchen?« schrie Keller. »Ich kann ja auch versuchen, mich durch die Platten eines Panzer-Kreuzers zu arbeiten.«

»Meinen Sie? Nun dann probieren Sie es einmal mit einem etwas frivoleren Blatt.« (Lindau, »Eine Thatsache«)

»Aber die ›Times‹ würde vielleicht . . . Versuchen Sie es doch.«

»Versuchen? Ich kann ja auch versuchen, mich durch die Platten eines Panzerkreuzers zu arbeiten.«

»Meinen Sie? Nun dann probieren Sie es einmal mit einem etwas leichteren, frivoleren Blatt.« (Reisiger, »Eine Tatsache«)

»Aber die *Times* könnte . . .« begann ich.

Keller warf seine Zeitung durch das Abteil, und sie öffnete sich in der herben Majestät ihres soliden Satzes – öffnete sich mit dem Knistern einer Enzyklopädie.

»Könnte! Man *könnte* sich auch durch die Bugplatten eines Kreuzers kratzen. Schauen Sie sich diese Titelseite an!«

»Den Eindruck macht es auf Sie, ja?« sagte ich. »Dann empfehle ich Ihnen, ein leichtes und frivoles Journal zu versuchen.«

(Zürcher Edition, 1987, »Tatsache«)

. . . Rama winded Shere Khan and bellowed.

'Ha! Ha!' said Mowgli, on his back. 'Now thou knowest!' and the torrent of black horns, foaming muzzles, and staring eyes whirled down the ravine like boulders in flood-time; the weaker buffaloes being shouldered out to the sides of the ravine, where they tore through the creepers. They knew what the business was before them—the terrible charge of the buffalo-herd, against which no tiger can hope to stand. Shere Khan heard the thunder of their hoofs, picked himself up, and lumbered down the ravine, looking from side to side for some way of escape; but the walls of the ravine were straight, and he had to keep on, heavy with his dinner and his drink, willing to do anything rather than fight. The herd splashed through the pool he had just left, bellowing till the narrow cut rang. Mowgli heard an answering bellow from the foot of the ravine, saw Shere Khan turn (the tiger knew if the worst came to the worst it was better to meet the bulls than the cows with their calves), and then Rama tripped, stumbled, and went on again over something soft, and, with the bulls at his heels, crashed full into the other herd, while the weaker buffaloes were lifted clean off their feet by the shock of the meeting. That charge carried both herds out into the plain, goring and stamping and snorting.

(*The Jungle Book*, "Tiger! Tiger!")

Plötzlich witterte Rama Schir Khan und brüllte wütend auf.

»Haha!« lachte Mowgli auf Ramas Rücken. »Nun weißt du, was es gibt! Horrido!« Und weiter brauste die Herde mit dem Gewirr schwarzer Hörner, wutgeröteter Augen und schaumbedeckter Nüstern gleich einer Sturzflut die Schlucht hinab. Die schwächeren Tiere wurden vom Drucke aufgehoben und dann seitwärts in das Dickicht gedrängt.

Schir Khan hörte den Donner der anstürmenden Hufe; er wußte wohl, daß kein Tier in der weiten Dschungel dem Angriff einer wütenden Büffelherde zu widerstehen vermag. Er raffte sich auf und eilte, so schnell es ihm sein voller Bauch erlaubte, die Schlucht hinab. Ängstlich spähte er rechts und links, um einen Ausweg zu finden; aber die Wände der Schlucht stiegen beinahe senkrecht auf und starrten ihm mitleidlos entgegen. Da hielt er an, denn sein Mahl lag ihm schwer im Wanste, ihm war nicht zum Kämpfen zumute. Näher und näher brauste der Donner; jetzt stürmte die Herde mit lautem Aufklatschen durch die Wasserpfütze, die Schir Khan eben verlassen hatte, mit einem Gebrüll, daß die Felsen bebten. Und nun kam die Antwort unten von den Kühen und blökenden Kälbern. Da ahnte Schir Khan sein Geschick. Er wußte, daß es auch im schlimmsten Falle besser sei, den Kampf mit den Büffeln zu wagen als mit den Kühen, wenn sie Kälber haben. Mit blutunterlaufenen Augen warf er noch einen Blick zu den steilen Wänden auf, dann drehte er sich, um sich den Büffeln zu stellen. Krachend brach die Herde wie ein Gewitter über ihn herein – dunkel wurde es, Stampfen, Stoßen und Brüllen. Rama strauchelte, kam wieder hoch, trat auf etwas Weiches, sich Windendes und stürmte weiter. Dann stießen die beiden Herden am Ausgang der Schlucht zusammen. Welch ein Anprall! Die vordersten Reihen türmten sich auf, wie eine Woge an der Klippe, Büffel und Kühe ritten aufeinander zu dreien und vieren – die Erde stöhnte . . .

(v. Mikusch, *Das Dschungelbuch*, »Tiger! Tiger!«)

. . . witterte Rama Shere Khan und brüllte.

»Ha! Ha!« sagte Mowgli auf seinem Rücken. »Jetzt weißt du es!« und die Sturzflut schwarzer Hörner, schäumender Schnauzen und stierender Augen toste die Schlucht hinab wie Felsblöcke in einer Überschwemmung; die schwächeren Büffel wurden hinausgeschleudert an die Wände der Schlucht, wo sie durch die Schlingpflanzen rasten. Sie wußten, welche Art Werk vor ihnen lag – der furchtbare Ansturm der Büffelherde, dem sich kein Tiger stellen kann. Shere Khan hörte das Donnern der Hufe, raffte sich auf und torkelte die Schlucht hinunter, wobei er auf allen Seiten nach einem Fluchtweg suchte; aber die Wände der Schlucht waren steil und er mußte weiter, schwer vom Essen und Trinken und zu allem anderen eher bereit als zum Kämpfen. Die Herde platschte durch den Tümpel, den er eben verlassen hatte, und brüllte, bis das enge Tal hallte. Mowgli hörte vom Fuß der Schlucht die Antwort brüllen, sah Shere Khan sich drehen (der Tiger wußte, wenn es zum Schlimmsten kam, war es besser, sich den Bullen zu stellen als den Kühen mit ihren Kälbern), und dann strauchelte Rama, stolperte und rannte weiter, über etwas Weiches, und mit den Bullen auf seinen Fersen krachte er voll in die andere Herde, während es die schwächeren Büffel durch die Wucht des Zusammenpralls glatt von den Beinen riß. Der Ansturm trug beide Herden hinaus in die Ebene, stoßend und stampfend und schnaubend. (ZÜRCHER EDITION, 1987, *Das Dschungelbuch*, »Tiger! Tiger!«)

From the walls came a moan like the wind in the tree-tops: 'We see, O Kaa.'

'Good. Begins now the Dance—the Dance of the Hunger of Kaa. Sit still and watch.'

He turned twice or thrice in a big circle, weaving his head from right to left. Then he began making loops and figures of eight with his body, and soft, oozy triangles that melted into squares and five-sided figures, and coiled mounds, never resting, never hurrying, and never stopping his low, humming song. It grew darker and darker, till at last the dragging, shifting coils disappeared, but they could hear the rustle of the scales.

Baloo and Bagheera stood still as stone, growling in their throats, their neck-hair bristling, and Mowgli watched and wondered. (*The Jungle Book*, "Kaa's Hunting")

Von den Mauern hallte es, als ob der Wind in den Wipfeln stöhnte: »Wir sehen dich, Kaa!«

»Gut. Nun beginnt der Tanz – der Jagdtanz Kaas! Sitzt stille! Seht her!« Er glitt zwei- oder dreimal in großem Kreise umher und schwang tänzelnd im Takte den Kopf zur Rechten und zur Linken, als höre er eine geheimnisvolle Musik. Dann begann er mit seinem Körper Schleifen und Achterfiguren zu bilden, große Knäuel und Knoten, die lebten und unentwirrbar schienen, bis sie geräuschlos im Augenblicke auseinanderschlüpften – gleitende, gebogene Dreiecke, die sich in Vierecke, Kreise und Arabesken verwandelten; und während der glatte, buntscheckige Körper plötzlich in die Erde zu verschwinden und dann wieder ringelnd zum Himmel aufzuragen schien – immer raschelnd, raschelnd, raschelnd –, tönte Kaas leiser, zischender Zaubergesang.

Baloo und Bagheera standen wie zu Stein erstarrt – in ihren Kehlen rasselte mühsam der Atem, ihr Nackenfell sträubte sich, während Mowgli voll Staunen und Grauen zusah.

(v. Mikusch, *Das Dschungelbuch*, »Kaas Jagdtanz«)

Von den Mauern kam ein Seufzen wie Wind in den Wipfeln: »Wir sehen, o Kaa.«

»Gut. Es beginnt nun der Tanz – der Tanz des Hungers von Kaa. Sitzt still und seht.«

Zwei- oder dreimal wand er sich zu einem großen Ring, wobei er seinen Kopf von rechts nach links fädelte. Dann begann er mit seinem Leib Schlingen und Achten zu bilden und weiche sickernde Dreiecke, die zu Vierecken und fünfseitigen Figuren schmolzen und Hügeln von Schlingen, ohne Rast, ohne Hast und ohne je seinen leisen summenden Gesang zu unterbrechen. Es wurde immer dunkler, bis schließlich die schleifenden, scharrenden Schlingen verschwanden, aber das Rascheln der Schuppen war noch zu hören.

Baloo und Bagheera standen still wie Stein; in ihren Kehlen

knurrten sie, ihre Nackenhaare stellten sich auf, und Mowgli schaute und staunte.

(Zürcher Edition, 1987, *Das Dschungelbuch*, »Kaas Jagd«)

Of the wheels of public service that turn under the Indian Government, there is none more important than the Department of Woods and Forests. The reboisement of all India is in its hands; or will be when Government has the money to spend. Its servants wrestle with wandering sand-torrents and shifting dunes: wattling them at the sides, damming them in front, and pegging them down atop with coarse grass and spindling pine after the rules of Nancy. (*Many Inventions*, "In the *Rukh*")

Unter den Triebfedern, welche die Maschine des Staatsdienstes in Britisch-Indien in Bewegung setzen, ist keine von größerer Bedeutung, als die Abteilung für das Forstwesen. Die hochwichtige Frage, Indien aufs neue mit Waldungen zu bepflanzen, beschäftigt schon seit langer Zeit die Aufmerksamkeit der Regierung, und die Ausführung dieses großartigen Plans wird zweifelsohne ernstlich in Angriff genommen werden, sobald die dazu nötigen Gelder vorhanden sind. – Die Forstbeamten haben sich mit Treibsand und Wanderdünen abzuplagen, sie an den Seiten mit Flechtwerk zu versehen, ihnen Dämme vorzulegen und sie oben nach allen Regeln der Kunst von Nancy mit grobem Gras und Fichtensprößlingen zu festigen. (Lindau, *Mancherlei neue Geschichten*, »Im Walde«)

Die indische Staatsmaschine ist ein weitverzweigtes Gebilde von Abteilungen, Unterabteilungen, Regierungshauptstellen und Nebenstellen. Zahnrädern gleich greifen alle, straff durchorganisiert, ineinander – wichtige und weniger wichtige; aber keine Abteilung hat größere Bedeutung als die Forstverwaltung. Mannigfaltig, zahlreich sind ihre Aufgaben und Pflichten; die Durchforstung von ganz Indien ist Endziel der Verwaltung, aber die Regierung bewilligt nicht die dafür nötigen Mittel. Mit Treibsand und Wanderdünen kämpfen die Forstbeamten; Dämme errichten sie, um den fließenden Sand aufzuhalten – der lockere Boden auf den Dünen wird nach den Regeln von Nancy mit Spitzgras und jungen Fichten bepflanzt und befestigt. (Hauptmann, *Das neue Dschungelbuch*, »Im ›Rukh‹ «)

Unter den zahlreichen Abteilungen, die der indischen Regierung unterstehen, ist kaum eine so wichtig wie die Forstverwaltung. Ihre Aufgabe ist die Wiederaufforstung ganz Indiens oder wird es sein, sobald die Regierung über die nötigen Geldmittel dazu verfügt. Ihre Beamten kämpfen mit Treibsand und Wanderdünen, errichten Dämme gegen den fliehenden Sand und bepflanzen die Dünen zur Befestigung mit Hartgras und Krüppelkiefern nach den Regeln von Nancy.

(v. Mikusch, *Das neue Dschungelbuch*, »Im Rukh«)

Von den Rädern des öffentlichen Dienstes, die sich unter der Indischen Regierung drehen, ist keines wichtiger als die Abteilung für Wälder und Forsten. Die Aufforstung ganz Indiens liegt in ihrer Zuständigkeit; oder wird dort liegen, sobald die Regierung das nötige Geld hat. Ihre Leute kämpfen mit veränderlichen Sandströmen und Wanderdünen: Sie setzen ihnen Flechtwerk an die Seiten, dämmen sie vorn und dübeln sie von oben fest mit Hartgras und Kieferspindeln gemäß den Regeln von Nancy. (Zürcher Edition, 1987, *Vielerlei Schliche*, »Im *Rakh*«)

That same evening—no day is so long as the day of a murder—I met Ortheris with the dogs, and he plunged defiantly into the middle of the matter. 'I'll be one o' the witnesses,' said he. 'I was in the verandah when Mackie come along. 'E come from Mrs. Raines's quarters. Quigley, Parsons, an' Trot, they was in the inside verandah, so *they* couldn't 'ave 'eard nothing. Sergeant Raines was in the verandah talkin' to me, an' Mackie 'e come along acrost the square an' 'e sez, "Well," sez 'e, " 'ave they pushed your 'elmet off yet, Sergeant?" 'e sez. An' at that Raines 'e catches 'is breath an' 'e sez, "My Gawd, I can't stand this!" sez 'e, an' 'e picks up my rifle an' shoots Mackie. See?'

'But what were you doing with your rifle in the outer verandah an hour after parade?'

'Cleanin' 'er,' said Ortheris, with the sullen brassy stare that always went with his choicer lies.

He might as well have said that he was dancing naked, for at no time did his rifle need hand or rag on her twenty minutes after parade. Still, the High Court would not know his routine.

'Are you going to stick to that—on the Book?' I asked.

'Yes. Like a bloomin' leech.' (*Many Inventions*, "Love-o'-Women")

Kein Tag ist so lang, wie der eines Mordes. Am Abend dieses Tages traf ich Ortheris mit seinen Hunden.

»Ich werde einer von den Zeugen sein«, sagte er, ohne daß ich ihn aufgefordert hätte, über die Sache zu sprechen. »Ich war auf der Veranda, als Mackie aus Frau Raines' Stube kam. Quigley, Parsons und Trot waren auf der inneren Veranda, wo sie nichts hören und sehen konnten. Sergeant Raines unterhielt sich mit mir. Mackie kam über den Hof, und sagte zu Raines: ›Nun, Sergeant, haben sie Ihnen schon Ihren Helm heruntergerissen?‹ – Darüber wird Raines wütend, holt tief Atem und sagt: ›Mein Gott, das ist zu viel, das kann ich nicht ertragen!‹ Mit den Worten reißt er mir mein Gewehr aus der Hand und schießt Mackie nieder. Verstehen Sie?«

»Aber was thaten Sie denn mit Ihrem Gewehr auf der äußeren Veranda, eine Stunde nach der Parade?«

»Was ich mit meinem Gewehr that? – Ich reinigte es – natürlich«, sagte Ortheris mit dem trotzigen, unverschämten Blick, der gewöhnlich seine frechsten Lügen begleitete.

Er hätte mir ebenso gut sagen können, daß er einen Kriegstanz aufgeführt hätte, denn zwanzig Minuten nach der Parade durfte an seinem Gewehr kein Stäubchen mehr sein. Das war seine Art. – Der Gerichtshof jedoch konnte das nicht wissen. – »Und wollen Sie bei dieser Aussage bleiben – auf Ihren Eid daran festhalten?« fragte ich.

»Ja, wie ein Blutegel.«

(Lindau, *Mancherlei neue Geschichten*, »Frauenlieb«)

Noch am selben Abend – kein Tag ist so lang wie ein Mordtag – traf ich Ortheris mit seinen Hunden, und kühn ging er der Sache zu Leibe. »Ich bin einer von die Zeugens«, sagte er. »Ich war in die Feranda, als Mackie da längs kam, er kam aus die Wohnung von Frau Raines. Quigley, Parsons und Trot, die war'n in die innere Feranda, die können da also nix von gehört haben. Sergeant Raines war in die Feranda un unterhielt sich mit mir, un da kam Mackie da längs über den Platz, un er sagt: ›Na‹, sagt er, ›hab'n die Hörner dir noch nich den Helm von Kopf geschubst, Sergeant?‹ sagt er. Un da holt Raines ganz tief Atem un sagt: ›O Gott, das kann ich nich aushalten!‹ sagt er, un denn nimmt er mein Gewehr un schießt Mackie tot. Verstehn Sie?«

»Aber was wollten Sie eine Stunde nach der Parade mit Ihrem Gewehr auf der äußeren Veranda?«

»Ihm putzen«, sagte Ortheris mit dem düsterstarren Blick, den er immer hatte, wenn er gehörig log.

Genausogut hätte er sagen können, daß er nackt getanzt hätte, denn niemals hatte sein Gewehr zwanzig Minuten nach der Parade Putzer und Putzlappen nötig gehabt. Immerhin, der Gerichtshof würde ja seine Gewohnheiten nicht kennen.

»Wollen Sie daran festhalten – auch unter Eid?«

»Ja, so fest wie 'n Blutegel.«

(Lehmann, *Drei Soldaten*, »Poussierstengel«)

Am gleichen Abend – kein Tag ist so lang wie der Tag eines Mordes – traf ich Ortheris mit den Hunden, und trotzig stürzte er sich mitten hinein. »Ich bin einer von die Zeung«, sagte er. »Ich bin auf die Veranda gewesen, wie Mackie ankomp. Ausm Quartier von Mrs. Raines isser gekomm. Quigley, Parsons un Trot, die warn auf die Innenveranda, also, *die* könn nix gehört ham. Sergeant Raines war auf die Veranda un hat mit mir geredt, un Mackie komp übern Platz länx un sacht: ›Na‹, sacht er, ›ham Ihn de Hörners noch nich den Helm runnergeschups, Sergeant?‹ sacht er. Un da hält Raines die Luff an un sacht: ›Mein Gott, das halt ich nich aus!‹ sacht er, un er schnapp sich mein Gewehr un schießt Mackie übern Haufen. Klar?«

»Aber was haben Sie denn eine Stunde nach dem Appell mit Ihrem Gewehr auf der Außenveranda gemacht?«

»Ich haps geputz«, sagte Ortheris mit dem verdrossen frechen Starren, das immer zu seinen erleseneren Lügen gehörte.

Ebensogut hätte er sagen können, er habe nackt getanzt, denn sein Gewehr hat zwanzig Minuten nach einem Appell niemals einen Handschlag oder Lappen gebraucht. Immerhin, das Gericht kannte ja seine Gewohnheiten nicht.

»Wollen Sie daran festhalten – auf die Bibel?« fragte ich.

»Ja. Wie ne verdammte Klette.«

(Zürcher Edition, 1987, *Vielerlei Schliche*, »Frauenlieb«)

Well, there I hear what you have done so well, so quickly, upon the instantaneous spur of the moment. I tell our mutual you take the bally bun, by Jove! It was splendid. I come to tell you so.'

'Umm!'

The frogs were busy in the ditches, and the moon slid to her setting. Some happy servant had gone out to commune with the night and to beat upon a drum. Kim's next sentence was in the vernacular.

'How didst thou follow us?'

'Oah. Thatt was nothing. I know from our mutual friend you go to Saharunpore. So I come on. Red Lamas are not inconspicuous persons. I buy myself my drug-box, and I am very good doctor really. I go to Akrola of the Ford, and hear all about you and I talk here and talk there. All the common people know what you do. I knew when the hospitable old lady sent the *dooli*. They have great recollections of the old lama's visits here. I know old ladies cannot keep their hands from medicines. So I am a doctor, and—you hear my talk? *I* think it is verree good. My word, Mister O'Hara, they know about you and the lama for fifty miles—the common people. So I come. Do you mind?'

(*Kim*, Kap. XII)

Nun, da hörte ich, was Ihr getan habt, so gut, so schnell, wie es der Augenblick befahl. Ich sagte unserm gemeinschaftlichen Freund: Er holt die Butter vom Brot, beim Zeus! Es war großartig. Ich komme, um Euch das zu sagen.«

»Hm!«

Die Frösche waren laut in den Gräben und der Mond am Untergehen. Ein gefühlvoller Diener war herausgekommen, um sich mit der Nacht zu unterhalten und auf einer Trommel herumzupauken. Kims nächste Frage war im Dialekt.

»Wie konntest du uns folgen?«

»Oh! Das war nichts. Ich wußte von unserm gemeinsamen Freund, daß ihr nach Saharunpore gingt. So ging ich auch. Rote Lamas sind nicht eben unauffällige Persönlichkeiten. Ich kaufte mir meinen Arzneikasten, und ich bin wirklich ein sehr guter Arzt ... Ich ging nach Akrola an der Furt und hörte alles über euch, und redete hier und redete dort. Das ganze Volk wußte, was ihr tatet. Ich erfuhr, daß die gastfreundliche alte Dame die *Dooli* schickte. Sie haben hier viele Erinnerungen an die Besuche des alten Lama. Ich weiß, alte Damen können die Finger nicht lassen von Arzneien. So bin ich Doktor und – Ihr hört meiner Geschichte zu? *Ich* denke, sie ist sehr gut. Mein Wort darauf, Mister O'Hara, sie wissen alles von Euch und dem Lama auf fünfzig Meilen weit – das ganze Volk. So bin ich gekommen. Habt Ihr etwas dagegen?« (Reisiger, *Kim*, Kap. XII)

Also, da höre ich, was Sie getan haben, so gut, so schnell, in der augenblicklichen Eingabe des Moments. Ich sag unserm gemeinsamen Freund, Sie schießen den verdammten Vogel ab, bei Zeus! Es war prachtvoll. Ich komme, um Ihnen das zu sagen.«

»Mmmm.«

Die Frösche in den Gräben waren rastlos, und der Mond glitt in den Untergang. Irgendein überglücklicher Diener war hinausgegangen, um mit der Nacht Zwiesprache zu halten und eine Trommel zu schlagen. Kim sagte den nächsten Satz wieder in der Umgangssprache.

»Wie bist du uns gefolgt?«

»Aah. Das war nichts. Ich wußte von unserem gemeinsamen Freund, Sie gehen nach Saharanpur. Also komme ich auch. Rote Lamas sind nicht unauffällige Personen. Ich kaufe mir Arzneikasten, und ich bin wirklich sehr guter Doktor. Ich gehe zu Akrola an der Furt und höre alles über Sie, und ich rede hier und rede da. Alle gewöhnlichen Leute wissen, was Sie machen. Ich wußte sofort, als gastfreundliche alte Dame *dooli* geschickt hat. Sie haben großartige Erinnerungen hier an Besuche von altem Lama. Ich weiß, daß alte Damen die Finger nicht von Medizin lassen können. Also bin ich Doktor, und ... bemerken Sie, wie ich rede? *Ich* finde mich sehr überzeugend. Ehrenwort, Mister O'Hara, im Umkreis von fünfzig Meilen weiß man über Sie und den Lama Bescheid – die gewöhnlichen Leute. Also bin ich gekommen. Haben Sie was dagegen?«

(Zürcher Edition, 1987, *Kim*, Kap. XII)

He was nearly asleep when the lama suddenly quoted a proverb: 'The husbands of the talkative have a great reward hereafter.' Then Kim heard him snuff thrice, and dozed off, still laughing.

The diamond-bright dawn woke men and crows and bullocks together. Kim sat up and yawned, shook himself, and thrilled with delight. This was seeing the world in real truth; this was life as he would have it—bustling and shouting, the buckling of belts, and beating of bullocks and creaking of wheels, lighting of fires and cooking of food, and new sights at every turn of the approving eye. The morning mist swept off in a whorl of silver, the parrots shot away to some distant river in shrieking green hosts: all the well-wheels within earshot went to work. India was awake, and Kim was in the middle of it . . . (*Kim*, Kap. IV)

Er schlief beinahe schon, als der Lama plötzlich das Sprichwort zitierte: »Den Gatten der Geschwätzigen wird große Belohnung in Zukunft.« Dann hörte Kim ihn dreimal schnupfen und schlummerte, noch lachend, ein.

Die diamanthelle Dämmerung erweckte Menschen, Krähen und Ochsen zugleich. Kim setzte sich auf, gähnte, schüttelte sich und schauerte vor Entzücken. Dies hieß in Wahrheit die Welt sehen; das war Leben, wie es ihm gefiel – Hasten und Schreien, Geklingel von Glocken, Antreiben von Ochsen und Knirschen von Rädern, Leuchten von Feuern und Kochen von Speisen – und neue Bilder, wohin das befriedigte Auge blickte. Der Morgennebel hob sich in einem Silberwirbel, die Papageien, in grünen, schreienden Schwärmen, schossen davon zu irgendeinem fernen Fluß; alle Schöpfräder in Hörweite fingen zu arbeiten an. Indien war wach, und Kim war mitten darin . . .

(Reisiger, *Kim*, Kap. IV)

Er war fast eingeschlafen, als der Lama plötzlich ein Sprichwort zitierte: »Die Gatten der Geschwätzigen ernten im künftigen

Leben großen Lohn.« Dann hörte Kim ihn dreimal schnupfen und schlief, immer noch lachend, ein.

Der diamanthelle Dämmer weckte Menschen und Krähen und Ochsen zugleich. Kim setzte sich auf und gähnte, schüttelte sich und schauerte vor Wonne. Das war der wirkliche Anblick der Welt; das war Leben, wie er es mochte – Getriebe und Geschrei, das Schnallen der Gürtel und Schnalzen der Ochsentreiber und Schnarren der Räder, Feueranzünden und Essenkochen und neue Anblicke, wohin das Auge auch billigend schaute. Die Morgennebel zerrissen zu quirlendem Silber, die Papageien schossen in kreischenden grünen Heeren zu einem fernen Fluß davon; alle Brunnenräder in Hörweite gingen ans Werk. Indien war erwacht, und Kim war mitten darin . . .

(ZÜRCHER EDITION, 1987, *Kim*, Kap. IV)

CHESTERTON ÜBER KIPLING

Gilbert Keith Chesterton, Auszüge aus "On Mr. Rudyard Kipling and Making the World Small" in *Heretics* (1905):

»... er hat eine glänzende Rolle bei der Rückeroberung der verlorenen Provinzen der Dichtung gespielt. Er hat sich nicht schrecken lassen von dem brutalen materialistischen Schein, der sich nur an Wörter klammert; er ist zur romantischen, imaginativen Substanz der Dinge selbst vorgedrungen. Dampf mag, wenn man so will, ein schmutziges Nebenprodukt der Wissenschaft sein. Slang mag, wenn man so will, ein schmutziges Nebenprodukt der Sprache sein. Aber zumindest war [RK] unter den wenigen, die die göttliche Abkunft dieser Dinge sahen, und er wußte, daß, wo Rauch ist, auch Feuer ist – das heißt, daß, wo immer das Schmutzigste zu finden ist, sich dort auch das Lauterste findet. Vor allem hat er etwas zu sagen, eine bestimmte Ansicht der Dinge mitzuteilen, und das bedeutet immer, daß ein Mann furchtlos ist und sich allem stellt. Denn in dem Moment, da wir eine Ansicht über das Universum haben, besitzen wir es.

Nun ist die Botschaft Rudyard Kiplings, das, worauf er sich wirklich konzentriert hat, das einzige, worum es sich bei ihm oder jedem anderen zu bekümmern lohnt. Er hat oft schlechte Lyrik geschrieben, wie Wordsworth. Er hat oft dumme Dinge gesagt, wie Plato. Er hat sich oft bloßer politischer Hysterie ergeben, wie Gladstone. Aber niemand kann vernünftigerweise bezweifeln, daß er beharrlich und ehrlich etwas mitteilen will, und die einzige ernsthafte Frage lautet: Was ist das, was er zu sagen versucht hat? Die beste Art, dies fair darzustellen, ist vielleicht, daß man mit dem Element beginnt, auf dem er und seine Gegner am meisten beharrt haben – ich meine sein Interesse am

Militärischen. Aber wenn wir die wirklichen Verdienste eines Mannes suchen, ist es unklug, sich an seine Feinde zu halten, und noch viel törichter, ihn selbst zu befragen.

Nun hat Mr. Kipling sicherlich Unrecht mit seiner Verehrung des Militarismus, aber allgemein gesagt haben seine Gegner genausoviel Unrecht wie er. Das Übel des Militarismus ist nicht, daß er uns zeigt, daß gewisse Männer wild und hochmütig und übermäßig kriegerisch sind. Das Übel des Militarismus ist, daß er zeigt, daß die meisten Menschen zahm und schüchtern und allzu friedfertig sind. Der Berufssoldat gewinnt mehr und mehr Macht, wenn der allgemeine Mut einer Gemeinschaft abnimmt. So wurde die Prätorianergarde in Rom immer wichtiger, als Rom immer luxusabhängiger und schwächer wurde. Der Militär gewinnt zivile Macht in dem Maße, in dem der Zivilist die militärischen Tugenden verliert. Und wie es im alten Rom war, so ist es im heutigen Europa. Es gab nie eine Zeit, da die Nationen militaristischer waren. Es gab nie eine Zeit, da die Menschen weniger mutig waren. Alle Zeiten und alle Epen haben gesungen von Waffen und vom Mann; aber wir haben gleichzeitig den Verfall des Mannes und die fantastische Perfektion der Waffen erreicht. Militarismus bewies die Dekadenz Roms, und er beweist die Dekadenz Preußens.

Und unbewußt hat Mr. Kipling dies nachgewiesen, und er hat es bewundernswert nachgewiesen. Denn soweit man sich seinem Werk ernsthaft nähert, erscheint darin der Beruf des Soldaten keineswegs als der wichtigste oder anziehendste. Er hat über Soldaten nicht so gut geschrieben wie über Eisenbahner oder Brückenbauer oder sogar Journalisten. Tatsächlich zieht Mr. Kipling am Militarismus nicht die Idee des Muts an, sondern die Idee der Disziplin. Es gab weit mehr Mut pro Quadratmeile im Mittelalter, als kein König eine stehende Armee, aber jeder Mann einen Bogen oder ein Schwert hatte. Doch ist die Faszination, die die stehende Armee auf Mr. Kipling ausübt, nicht Mut; Mut interessiert ihn kaum; sondern es ist Disziplin, was, wenn alles gesagt und getan ist, sein Hauptthema bleibt. Die moderne Armee ist kein Wunder an Mut; dazu hat sie dank der Feigheit aller anderen gar nicht genug Gelegenheit. Sie ist jedoch ein wahres Wunder an Organisation, und das ist Kiplings eigentliches Ideal. Kiplings Thema ist nicht die Tapferkeit, die rechtmäßig dem Krieg zugehört, sondern jene gegenseitige Abhängigkeit und Wirksamkeit, die ebensosehr zu Ingenieuren, oder Seeleuten, oder Maultieren, oder Lokomotiven gehört. Und so kommt es, daß er am besten schreibt, wenn er über Ingenieure, Seeleute, Maultiere oder Dampfmaschinen schreibt. Die wahre Lyrik, die »true romance« [wahre Mär], die Mr. Kipling gelehrt hat, ist die Romantik der Arbeitsteilung und die Disziplin aller Berufe. Er besingt die Künste des Friedens viel treffender als die des Krieges. Und seine wesentlichste Behauptung ist lebenswichtig und wertvoll. Alles ist militärisch in dem Sinne, daß alles von Gehorsam abhängt. Es gibt keinen vollkommen epikureischen Winkel; es gibt keinen vollkommen verantwortungslosen Platz. Überall haben Menschen uns mit Schweiß und Gehorsam den Weg gebahnt. Wir mögen uns in einem Anfall göttlicher Sorglosigkeit in eine Hängematte werfen. Aber wir sind froh, daß der Knüpfer die Matte nicht in einem Anfall von göttlicher Sorglosigkeit gemacht hat. Wir mögen uns spaßeshalber auf das Schaukelpferd eines Kindes schwingen. Aber wir sind froh, daß der Zimmermann die Beine des Pferds nicht spaßeshalber unverleimt gelassen hat. Weit davon entfernt, einfach gepredigt zu haben, daß ein sein Bajonett reinigender Soldat anbetungswürdig sei, weil er ein Militär ist, hat Kipling auf seinen besten und hellsten Seiten gepredigt, daß der Bäcker, der Laibe bäckt, und der Schneider, der Röcke zuschneidet, so militärisch sind wie nur etwas.

Da er dieser multitudinösen Vision der Pflicht ergeben ist, ist Mr. Kipling ganz natürlich ein Kosmopolit. Zufällig findet er seine Beispiele im Britischen Empire, aber beinahe jedes andere Imperium täte es ebenso gut ... Das Ideal der Disziplin ist nicht das ganze Leben, aber es erstreckt sich über die ganze Welt. Und daß er es verehrt, betont bei Mr. Kipling eine gewisse Note von Welt-Weisheit, von der Erfahrung des Wanderers, und dies ist einer der eigentlichen Reize seiner besten Werke.

Die große Lücke in seinem Gemüt ist, was man grob einen Mangel an Patriotismus nennen kann – das heißt, ihm fehlt vollkommen die Fähigkeit, sich irgendeiner Sache oder Gemeinschaft endgültig und tragisch anzuschließen; denn alle Endgültigkeit muß tragisch sein. Er bewundert England, aber er liebt England nicht; denn wir bewundern Dinge mit Gründen, lieben sie aber grundlos. Er bewundert England, weil England stark, nicht weil England englisch ist . . .

. . . Mr. Kipling kennt ganz sicher die Welt; er ist ein Mann der Welt, mit all der Engstirnigkeit jener, die auf diesem Planeten inhaftiert sind. Er kennt England, wie ein intelligenter englischer Gentleman Venedig kennt. Er ist sehr oft in England gewesen; er hat sich hier zu langen Besuchen aufgehalten. Aber er gehört England nicht an, noch sonst einem Ort; und der Beweis dafür ist, daß er an England als an einen Ort denkt. In dem Moment, da wir an einem Ort verwurzelt sind, verschwindet der Ort als solcher. Wir leben wie ein Baum mit der ganzen Kraft des Universums.

Der Globetrotter lebt in einer kleineren Welt als der Bauer. Er atmet immer eine Art Lokalkolorit. London ist ein Ort, den man mit Chicago vergleichen kann; Chicago ist ein Ort, den man mit Timbuktu vergleichen kann. Aber Timbuktu ist kein Ort, denn dort leben zumindest Menschen, die Timbuktu als das Universum ansehen und nicht einen Hauch Lokales, sondern die Winde der Welt einatmen. Der Mann im Salondampfer hat alle Menschenrassen gesehen und denkt an die Dinge, die die Menschen voneinander unterscheiden – Nahrung, Kleidung, Ehrgefühle, Ringe durch die Nase wie in Afrika oder Ringe durch die Ohren wie in Europa, blaue Schminke bei den alten oder rote Schminke bei den modernen Briten. Der Mann im Kohlfeld hat nichts gesehen, aber er denkt an die Dinge, die Menschen vereinigen – Hunger und Kinder, die Schönheit von Frauen und die Verheißung oder Drohung am Himmel. Trotz all seiner Verdienste ist Mr. Kipling der Globetrotter; er hat nicht die Geduld, Teil von irgend etwas zu werden. Einen so großen und wirklichen Mann kann man nicht bezichtigen, einfach zynisch Kosmopolit zu sein; dennoch ist dieser Kosmopolitismus seine Schwäche. Diese Schwäche findet einen vorzüglichen Ausdruck in einem seiner besten Gedichte, der ›Sestina of the Tramp Royal‹, in der ein Mann erklärt, er könne alles ertragen in Sachen Hunger oder Horror, nur nicht dauernde Anwesenheit an einem Platz ...«

»Bateman's« bei Burwash, Sussex

»Bateman's«, Diele

»Bateman's«, RKs Arbeitszimmer

Im Burenkrieg – Redaktion der Truppenzeitung ›The Friend‹
RK rechts, links H. A. Gwynne, später Herausgeber der ›Morning Post‹.

»Mr. Rudyard Kipling macht sich n feinen Tach im Grünen, zusammen mit sein Mädel, Britannia.« (Max Beerbohm, 1904)

Säulen des Empire: Kitchener und Kipling
(aus »The Struwwelpeter Alphabet«, F. Carruthers Gould, 1908)

Illustration von John Lockwood Kipling zu »Kim« (1901)

Illustration von RK zu »The Cat that Walked by Himself«
aus »Just So Stories«

Illustration von RK zu »The Elephant's Child«
aus »Just So Stories« (1902); rechts unten RKs Sigel: Arche A, engl. Ark A = RK

RK erzählt Kindern eine Just-So-Story

George V. und RK 1922 beim Besuch von Kriegsgräbern in Belgien

Mr. und Mrs. K 1925

RK 1934

Mit Überlebenden aus Kreta an Bord erreicht H. M. S. Kipling 1941 Alexandria

Kneipenschild in Dublin,
Foto von 1986

STIMMEN

KIPLING ist nicht der Rede wert. Soweit ich weiß, hat sich kaum einer ernsthaft mit ihm beschäftigt; wozu auch.

N. N., 1985 (deutscher Publizist)

Keiner hat je zuvor geschrieben wie Kipling, und niemand hat sein Werk erfolgreich imitieren können. Er war einzigartig und unersetzbar.

Winston Churchill, Rede vor der Kipling Society, 17-XI-1937

»Ich glaube nicht, daß hier seit Tennyson jemand von Lyrik hat leben können«, sagte Brock.

»Kipling muß doch mit Dichtung Geld verdient haben«, sagte Jewtuschenko. »Wissen Sie, Kipling ist der beliebteste Dichter in Moskau.«

»Aber Kipling war doch ein Imperialist.«

Der Russe lächelte und begann, mit offensichtlicher Zuneigung Kipling auf Russisch zu zitieren. ›*Sunday Times*‹, 6-V-1962

Man muß betonen, daß *Kim* zwar mittelmäßig und bedeutungslos ist, aber doch nicht neben einige andere jüngere literarische Bemühungen von Mr. Kipling gestellt werden sollte – vor allem einige Versversuche, die er sich jüngst hat zuschulden kommen lassen. Da war zum Beispiel »The Lesson«, angeblich ein Gedicht, das Englands politische und militärische Fehler im Transvaal-Krieg behandelte ... absoluter, unsäglicher Mist.

A. B. Maurice, ›*Bookman*‹, New York, Okt. 1901

Mit *Kim* schrieb [RK] nicht nur den besten englischsprachigen Roman mit einem indischen Thema, sondern auch einen der größten englischen Romane trotz des Themas. Dieser Zusatz ist nötig, denn die Verbindung zwischen englischer Literatur und Indien legt eine bedingte Vorzüglichkeit nahe, eine Leistung, die mit Sondermaßstäben gemessen werden muß, oder gar ein Werk, das in Form und Inhalt eher zweitklassig ist. Aber *Kim* ist großartig nach jedem Maßstab, der jemals zu irgendeiner Zeit in der englischen Literatur gültig war.

Nirad C. Chaudhuri, ›*Encounter*‹, Apr. 1957

Es ist ein Jammer, daß die Leute . . . Kipling lesen, während so kunstvolle und wichtige Bücher wie die von Harold Frederic greifbar sind.

Anonymer amerik. Kritiker, ›*Harper's Magazine*‹, Okt. 1890

Ziel seiner Virtuosität war immer eine *heftige Präzision* . . . Er zwang einen vor allem zu sehen, zu hören, zu berühren, zu riechen . . . so lebendig wie das mit Worten überhaupt möglich ist . . . Während sein Stil eine der wichtigsten Voraussetzungen für ungeheure Popularität besaß, nämlich niemals erlahmende Energie, wies er gleichzeitig eine unpopuläre Eigenschaft auf – äußerste Virtuosität. Besonders in seinem Spätwerk war seine Prosa von einer derart scharfsinnigen Wortakrobatik gekennzeichnet, wie nicht einmal Meredith sie erreicht. Es scheint zunächst seltsam, daß ein so schwieriger Autor, den man langsam lesen muß, der so unglaublich konzentriert und später elliptisch ist, [normalen] Lesern gefiel . . . während er bei Literaten, Künstlern und Kritikern nur widerwillige Billigung fand. Sie gaben zu, daß er über Genie und Kraft verfüge, aber oft schrieben und redeten sie, als seien sie traurig darüber, dies einräumen zu müssen . . .

Desmond MacCarthy, ›*Sunday Times*‹, 19-1-1936

Diese kleine Gestalt mit Brille, Schnauzbart, wuchtigem Kinn . . ., wilden Schreien jungenhafter Begeisterung über effektive Macht, lyrischer Wonne über die Klänge und Farben und sogar Gerüche des Empire, mit ihrer wunderbaren Entdekkung von Maschinen und Putzwolle und dem Unteroffizier und dem Ingenieur, und Fachjargon als poetischem Dialekt, wurde Mitte der Neunziger beinahe zu einem nationalen Symbol. Auf wunderbare Weise packte er uns, füllte uns mit klingenden ... Zitaten, ... färbte noch den Tonfall unserer Gespräche.

H. G. Wells, *The New Machiavelli*, 1911

... die literarischen Kreise Englands wurden von einer Schule sogenannter Ästheten beherrscht, die als Doktrin verfochten, Kunst ... müsse ausschließlich um ihrer selbst willen praktiziert werden. Dieser Schrei nach Kunst um der Kunst willen war in gewisser Weise zweideutig; so unterschied er z. B. keineswegs zwischen Kunst und Unterhaltung ... in einem Punkt jedoch war die Doktrin ganz eindeutig: Sie schloß magische Kunst absolut aus. In die parfümierte und verstaubte Atmosphäre dieses Porzellanladens platzte Rudyard Kipling, jung, nervig, kurzsichtig und ganz Feuer und Flamme dafür, seine sehr fähige Feder einzusetzen, um die Gefühle zu beschwören und zu kanalisieren, die seiner Indienerfahrung nach mit der Leitung des Britischen Empire verbunden waren. Die Ästheten waren entsetzt – nicht weil sie den Imperialismus mißbilligt hätten, sondern weil sie magische Kunst mißbilligten; Kipling krachte unmittelbar gegen ihr liebstes und gehegtestes Tabu.

R. G. Collingwood, *The Principles of Art*, 1938

Ich gab [Brecht] Ernst Bloch, Lukács, die er nicht kannte – es interessierte ihn kaum. Er gab mir dagegen Kipling: An dem kannst du lernen.

Carl Zuckmayer, *Als wär's ein Stück von mir*, 1966

»Kipling wurde nicht nach dem ästhetischen Wert seines Werks, sondern nach seinen politischen Meinungen beurteilt. Heute,

1962, erscheint es mir absurd, Kipling nach seinen Meinungsäußerungen während des Burenkrieges zu beurteilen ... Dabei ist nie die vollkommene Meisterschaft von Kiplings Kunst angezweifelt worden, von dem, was er selbst bescheiden seine *craftsmanship* nannte. Bis zum letzten Augenblick hat er literarische Experimente durchgeführt. Bewundernswert und verschwiegen hat er sich bis zum Ende immer wieder erneuert.«

»Wenn du zwischen Kipling und Milton zu wählen hättest, wen würdest du nehmen?«

»Kipling; da gibt es überhaupt keinen Zweifel.«

Jorge Luis Borges, in Maria Esther Vázquez,
Borges, sus días y su tiempo, 1984

Wirklich und wahrhaftig, Mr. Mulvaney, es ist wirklich allerbestens, Ihnen zu begegnen, Sir. Man sagt mir, ein Mann namens Kipling hätte Sie gemacht; aber wahrlich, da laß ich mich nicht foppen, es war der Allmächtige Gott persönlich, der Sie gemacht hat ...

Robert Louis Stevenson, Brief an Kipling, 1890

Kipling ist mit Abstand der meistversprechende junge Mann, der erschienen ist seit – ahem – ich erschienen bin. Er verblüfft mich durch seine Frühreife und vielfältige Begabung. Aber ich bin besorgt über die Menge und Eile seines Schreibens ... Bei diesem Tempo werden seine Werke bald den bewohnbaren Globus überfüllen ... Ich sehe zu, ich bewundere, insgeheim jubele ich; aber in einer Art ehrgeiziger Liebe, die wir alle für unsere Sprache und Literatur hegen, bin ich verletzt. Wenn ich die Fruchtbarkeit und den Mut dieses Mannes hätte, scheint mir, könnte ich eine Pyramide aufheben ... Kipling hat alle Gaben; die Feen-Patinnen müssen bei seiner Taufe sämtlich betrunken gewesen sein: Was wird er damit machen?

Robert Louis Stevenson, Brief an Henry James, 29-XII-1890

Er ist ganz smarter Journalismus und Cleverness; alles ist hell und ohne Tiefgang und durchsichtig, wie eine Wirtschaftszeitung – eine gute, *s'entend;* aber da ist kein Herzblut . . .

Robert Louis Stevenson, Brief an Charles Baxter, 18-VII-1892

Dieser kleine schwarze Satan von Kipling . . . hat England vor vielen Wochen . . . verlassen, um Sie zu umarmen – dabei hat er alles literarische Genie des Landes mitgenommen, in seiner Tasche. Henry James, Brief an R. L. Stevenson, 30-X-1891

Kipling berührt mich persönlich als das vollkommenste Genie (zu unterscheiden von feiner Intelligenz), das ich je gekannt habe. Henry James, Brief an William James, 6-II-1892

. . . Kiplings *Seven Seas*, was er mir gerade geschickt hat. Ich bin erschlagen von dem absolut unheimlichen Talent . . . Es ist großartig und in seiner Art meisterlich und voll von der verborgensten, tückischsten Kunstfertigkeit . . . Im heutigen ›*Chronicle*‹ ist ein gänzlich idiotischer Hinweis auf seine »Grobheit«. Die Grobheit von »The Mary Gloster« ist doch gerade einer der triumphalsten »Werte« dieses triumphalen Dings.

Henry James, Brief an Jonathan Sturges, 5-XI-1896

Fast nichts Zivilisiertes außer Dampf und Patriotismus . . . Fast nichts über die komplizierte Seele oder die Verfassung der Frau oder sonst etwas von *Schattierungen* . . . In seiner Frühzeit dachte ich, er enthielte vielleicht den Samen zu einem englischen Balzac; das habe ich aber in dem Maße aufgegeben, wie er vom thematisch Simplen zum immer Simpleren hinabgekommen ist – von den Angloindern zu den Eingeborenen, von den Eingeborenen zu den Tommies, von den Tommies zu den Vierfüßern, von den Vierfüßern zu den Fischen, und von den Fischen zu den Maschinen und Schrauben.

Henry James, Brief an Grace Norton, 25-XII-1897

Ein gewöhnlicher Junge, wie roh er auch sonst sein mag, verzagt normalerweise unter dem unheilverheißenden Blick eines als grimmig bekannten Lehrers. Aber ich erinnere mich, daß Kipling in solchen Situationen lediglich seine Brille abnahm, sorgfältig putzte, wieder auf die Nase setzte und den donnernden Tyrannen mit einem Blick sanften Erstaunens musterte, als wolle er sagen: »Na, na. Nun lassen Sie sich doch nicht wieder zu einem Ihrer dummen kleinen Koller hinreißen. Gehen Sie raus und schnappen Sie ein bißchen frische Luft, und wenn Sie zurückkommen, werden Sie sich wie neugeboren fühlen.«

L. C. Dunsterville (»Stalky«), *Stalky's Reminiscences*, 1928

Ah! Das hätte ich fast vergessen. Ich *habe* Kiplings *The Day's Work* schon. Es ist großartig – ganz großartig... Er ist der größte lebende englische Dichter und Erzähler. Niemals in dieser Welt werde ich fähig sein, eine Seite zu schreiben, die sich mit einer Seite von ihm messen kann... Wenn ich etwas von ihm gelesen habe, frage ich mich, weshalb ich so ein Esel bin, daß ich überhaupt noch etwas schreibe.

Lafcadio Hearn, Brief an Mitchell McDonald, Dezember 1898

... wenn ich je in meinem Leben irgend etwas im Zorn vollbracht habe, dann war es die Niederschrift dieser Tiergeschichten. Zorn worüber? Über die vielen, unglaublich schlechten, verlogenen Tiergeschichten...; Zorn über die vielen Schreiberlinge, die vorgeben, vom Tier zu erzählen, es aber gar nicht kennen... Dichtern ist es erlaubt, wie jeden anderen Gegenstand, so auch das Tier nach den Notwendigkeiten dichterischer Verfahrensweise zu »stilisieren«: Rudyard Kiplings Wölfe und Panther, sein unvergleichlicher Mungo Rikkitikkitavi sprechen wie Menschen... Solche Stilisierungen sind nur dem erlaubt, der das Tier wirklich kennt.

Konrad Lorenz, *Er redete mit dem Vieh, den Vögeln und den Fischen*, 1949

Nirgends auch nur eine Andeutung nüchterner Menschen mit Selbstachtung – nur ein wilder Karneval betrunkener, prahlender, protzender *hooligans* in roten Röcken und Seemannsjacken, die zum Klang eines Banjos kreischen und der englischen Flagge applaudieren ...

Robert Buchanan, ›*Contemporary Review*‹, Dez. 1899

Dieser außerordentliche Schriftsteller, über den uns immer gesagt wird, er spreche zum größten *fiction*-Publikum der Welt, ist in Wahrheit der subtilste aller Intellektuellen. Seine besten Werke würden einen lauen Leser ebenso langweilen wie Shakespeare dies tut. Er hätte der großartigste Professor für Englische Literatur werden können, den unsere Sprache jemals gekannt hat ... Er schreibt eine Erzählung, in der es scheinbar um große Haubitzen geht, und in Wirklichkeit ist es eine Liebeserklärung an Jane Austen. Er schreibt eine Erzählung über drahtlosen Funk, und nur ein Keats-Fachmann kann sie wirklich verstehen. ... Sein Fragment »Wie Shakespeare dazu kam, *The Tempest* zu schreiben« ... zeigt, wie all seine wunderbaren Seitenblicke in elisabethanisches Treiben, ... sein Begreifen, wo und wie Dichtung geboren wird ... Wie er mit hundert Farbtönen und Abstufungen nach Belieben jeden Menschen von Horaz bis zu Mulvaney lebendig gemacht hat ... Wann gab es je eine gewaltigere, leichtfertigere, weniger zu unterdrückende, wüstere, groteskere und unmöglichere Fruchtbarkeit? ... [In Kipling] ist vielleicht mehr von jener spezifischen und technischen Shakespeare-Gabe als in jedem anderen Mann dieser Zeit. In seinen schlechtesten Passagen ist er weiß Gott so schlecht, wie Shakespeare manchmal war. In seinen besten hat er die lautere Flamme geschaut ...

Christopher Morley, ›*Saturday Review of Literature*‹, 2-X-1926

Statt wie Rimbaud ein Mann der Tat zu *werden* ... ergab er sich der schimpflichen Rolle des Künstlers, der seine Kunst angesichts der Leistungen von Soldaten und Kaufleuten erniedrigt und unausgesetzt die Überlegenheit des »Machers« dem Denker gegenüber betont.

Edmund Wilson, *The Wound and the Bow*, 1952

Tatsächlich gibt es keinen anderen wesentlichen Schriftsteller außer Hugh McDiarmid, der ... Lyrik in der Sprache der Arbeiterklasse geschrieben hat; es ist ein Jammer, daß die linken Dichter der 30er, einschließlich Spender und Auden, nicht einmal versucht haben, seine Methoden zu studieren ... In seinen Kurzgeschichten findet die Sprache der Arbeiterklasse breiteste Verwendung, und viele der Erzählungen behandeln ausschließlich Charaktere der Arbeiterklasse ... Kipling hatte ein tiefes Verständnis von Geschichte und damit auch von Wandel und Entwicklung; aber seine Geschichte war immer menschlich, menschlich im Sinne der gewöhnlichen Menschen; niemals in dem von Königen und Aristokraten.

Jack Dunman, ›*Marxism Today*‹, Aug. 1965

... einige der besten Werke unserer größten lebenden Autoren treffen auf taube Ohren. Eine Frau mag sich noch so sehr bemühen, sie wird in ihnen nicht jene Quelle ewigen Lebens finden, die, wie die Kritiker ihr versichern, dort zu finden sein soll ... Die Emotion, von der diese Bücher durchtränkt sind, ist für eine Frau unverständlich ... Tatsächlich haben weder Mr. Galsworthy noch Mr. Kipling auch nur ein Fünkchen Frau in sich ... Shakespeare war androgyn.

Virginia Woolf, *A Room of One's Own*, 1928

Ich hatte lange Gespräche mit diesem sehr lieben und sehr großen Mann. Es ist unmöglich, sich einen anderen Mann von seiner Vorzüglichkeit vorzustellen, der schlichter und unaffektierter wäre, so voller Charme und Verständnis.

Baroness Orczy, *Links in the Chain of Life*, 1947

Die unvergleichlichen *Dschungelbücher* werden niemals ihresgleichen finden. Ich glaube, es war die Reise nach Indien wert, um mich dafür zu qualifizieren, *Kim* verstehend zu lesen und zu begreifen, welch ein großartiges Buch es ist. Der tiefe und subtile und faszinierende Zauber Indiens durchtränkt kein anderes Buch so, wie es *Kim* durchtränkt ... Ich lese das Buch jedes Jahr von neuem ... Mark Twain, *Mark Twain in Eruption*, 1922

Keine einzige Silbe von Kipling hat mir je einen Moment der Freude beschert. H. E. Bates, *The Modern Short Story*, 1946

Ich bin in meinem Leben Hunderten talentierter Menschen begegnet, aber das Gefühl, sich dem Genie gegenüberzusehen, ist äußerst selten. Woraus es besteht? Das ist schwierig zu analysieren. Wir finden uns einem Mann gegenüber, und plötzlich spüren wir, daß er alle anderen übertrifft. Er besitzt eine Gabe des Kontakts mit der Natur, einen Reichtum an Erfindung, eine Art ewiger Jugend, die ihn von allen anderen abhebt.

Dieses starke Gefühl habe ich nur dreimal in meinem Leben gehabt ... Das dritte Mal war in Gegenwart eines Schriftstellers, und dieser Autor war Rudyard Kipling.

Natürlich würde ich das Wort »Genie« nicht verwenden, wenn Kipling selbst heute hier wäre. Ich sehe ihn geradezu, wie er mich unterbricht und sagt: »So etwas dürfen Sie nicht sagen«, aber da er nicht anwesend ist, wage ich eine Prophezeiung: Daß in tausend oder zweitausend Jahren die Menschen noch immer Kipling lesen und ihn immer noch jung finden werden. Deshalb hat Ihre Gesellschaft, indem sie sich diesem großen Schriftsteller widmet, gut gewählt, und sie hat den größten gewählt.

André Maurois, Vortrag vor der Kipling Society, 18-IV-1934

Manchmal scheint er die Welt als Versammlung geheimer oder halbgeheimer Gesellschaften anzusehen, ... einander überschneidender, aber geschlossener Kreise – englische Public Schools, Religionen, Maschinenräume, Offiziersmessen, Nationalitäten, Clubs, Dienste und Berufe ... Aber Kipling war manchmal – und das wurde immer schlimmer – allzu eifrig, sich als Initiierter vieler Mysterien zu beweisen; und es ist ein wenig ärgerlich, dauernd das Zwinkern eines Auguren zu sehen, wenn man selbst kein Augur ist.

W. L. Renwick, ›*Durham University Journal*‹ XXXII, 1939–40

Kipling ist vor allem der Dichter der Arbeit. Es ist wirklich bemerkenswert, wie sehr Lyrik und Prosa vor seiner Zeit dieses Thema vermieden hatten. Sie hatten sich fast ausschließlich mit Menschen in ihren »privaten Stunden« beschäftigt ... Wie Pepys nämlich einmal überrascht bemerkte, kann es ein großes Vergnügen sein, vom Geschäft zu reden. Es war Kipling, der dieses ungeheure Territorium als erster in die Literatur einbrachte. C. S. Lewis, *Literature and Life*, 1948

Kipling war eines der größeren intellektuellen Mißgeschicke des Liberalismus. Lionel Trilling, *The Liberal Imagination*, 1951

Es gibt nicht einen Kipling, sondern viele; es gibt ein Dutzend Kipling-Stile, -Formen, -Stimmungen: Farcen in irischem Dialekt, Spukgeschichten in der Sprache von Sussex, vulgäre Gedichte und hehre Hymnen, »bösartige« Erzählungen, Fabeln ... Der Kinder-Kipling ist für einen Erwachsenen nicht besonders interessant ..., und welcher Erwachsene würde ein Kind auf »Mary Postgate« loslassen? Kipling ist vielleicht der einzige englische Schriftsteller, der einen auf einem einzigen Regalbrett vom Staunen frühester Lektüre zur Enttäuschung und Bitterkeit des Alters bringen kann. Man nenne ein beliebiges Lebensalter, und es gibt ein passendes Kipling-Werk dazu. Paul Theroux, ›*New Statesman*‹, 21-XI-1975

Wenn man die Seiten seiner *Plain Tales from the Hills* durchblättert, fühlt man sich, als säße man unter einer Palme und läse das Leben in großartigen Blitzen von Vulgarität ... Was das Leben angeht, so ist er ein Reporter, der Vulgarität besser kennt, als jeder andere sie jemals gekannt hat. Dickens kannte ihr Gewand und ihre Komödie. Mr. Kipling kennt ihre Essenz und ihren Ernst. Er ist unsere größte Autorität auf dem Gebiet des Zweitrangigen und hat wundervolle Dinge durch Schlüssellöcher gesehen, und seine Hintergründe sind wahre Kunstwerke.

Oscar Wilde, ›*The True Function and Value of Criticism*‹, ergänzte Version von 1891

[Zwischen 1918 und 1958] wurden über 77 Millionen Exemplare von Werken britischer Autoren in der UdSSR publiziert ... Dickens steht an der Spitze mit etwa 10 Millionen (in 18 Sprachen). Ihm folgt Wells mit fast 7 Millionen (16 Sprachen). Conan Doyle, Kipling und Swift sind die nächste Gruppe – jeder zwischen 4 und 5 Millionen, Kipling in 34 Sprachen, Swift in 42 und Doyle in 9. In der Gruppe 3 bis 4 Millionen folgen Defoe, Galsworthy, Shakespeare und Scott ...

›*The Author*‹, 1958

Kipling ... verbrachte als Kind sechs Jahre in einem Konzentrationslager; er kam nie darüber hinweg. Als sehr junger Mann verbrachte er sieben Jahre in Indien, die seinen Glauben an Konzentrationslager bekräftigten; auch darüber kam er nie hinweg. ... er war besessen von – schrieb über, träumte von und blieb wach, um nicht davon zu träumen – vielen Konzentrationslagern, der Seele wie des Körpers; viele Foltern, Heimsuchungen, Halluzinationen, Delirien, Krankheiten, Albträume, schlimme Streiche, Racheakte, Ungeheuer, Wahnzustände, Neurosen, Abgründe, verlorene Hoffnungen, letzte Chancen, Extremsituationen aller Art; diese und ihre lieblichen Gegenteile ...

Randall Jarrell, *A Sad Heart at the Supermarket*, 1962

Es gibt kein Anzeichen in Kiplings Werken dafür, daß er je etwas von seinen Kritikern gelernt oder Konzessionen an die Wünsche seines Publikums gemacht hätte . . . Als die Leute schon an ihm verzweifelt waren, schrieb er *Kim*. Wir haben ihn unmißverständlich wissen lassen, daß dies genau das ist, was wir von ihm erwarten, und ihn aufgefordert, es zu wiederholen; worauf er mittels schlechter Verse die Leitung der britischen Regierung zu übernehmen suchte . . . Andere Autoren haben . . . auf Kritik gehört. Zum Beispiel George Meredith . . . Und Thomas Hardy, der einzige lebende Romanautor von Kiplings Rang, hat sich zu seinem und unserem Vorteil beeinflussen lassen. Aber von Kipling müssen wir die Dinge nehmen, wie sie kommen . . . Proteste sind vergeblich.

Anonymer Kritiker, ›*Bookman*‹, New York, März 1902

Und wenn jene künftigen Richter in dem Werk, das er hinterläßt, einen Blick auf den Mann selbst werfen können, wie seine Zeit ihn kannte, müssen sie ihrem Urteil die Klausel anhängen, daß dieser ebenso ein großer Mensch war wie ein großer Schriftsteller; und ehrenhaft und furchtlos und gut.

Anonymer Nachruf in ›*Times Literary Supplement*‹, 25-1-1936

CHRONOLOGIE

1865
30-XII: Joseph Rudyard Kipling in Bombay geboren, Sohn von John Lockwood Kipling und Alice geb. Macdonald. Die Namen John und Joseph wechselten in der Familie ab und wurden nicht »verwendet«; der Rufname Rudyard stammt von einem kleinen See in Staffordshire, an dessen Ufer die Eltern ihre Verlobung beschlossen.

1868
Mrs. Kipling, die die Geburt des Sohns im heißen Bombay kaum überlebt hatte, reist mit dem kleinen RK nach England, wo am 11-VI Tochter Alice, genannt Trix, geboren wird; anschließend Rückkehr nach Bombay.

1870
Ein zweiter Sohn stirbt in Bombay nach der Geburt.

1871
Im April reist die Familie nach England, Rückkehr nach Indien im Dezember. RK und Trix bleiben bei »Pflegeeltern« in Southsea; RK besucht dort die Schule. Die Kinder verbringen die Ferien in Fulham bei »Onkel Ned« und »Tante Georgie«, Edward Burne-Jones und Georgiana geb. Macdonald.

1877
Alarmiert durch einen Brief ihrer Schwester über die Zustände im Haus der »Pflegeeltern« kommt Mrs. Kipling im März nach England und holt RK aus Southsea.

1878
Ab Januar besucht RK das United Services College in Westward Ho!, Devon; im Sommer reist er mit seinem Vater zur Weltausstellung nach Paris (Lockwood Kipling besorgte dort den Indischen Pavillon). In den folgenden Jahren verbringt RK die Ferien meist im Haus der Burne-Jones.

1879
RK, Burne-Jones, William Morris (»Onkel Topsy«) und die Kinder der Burne-Jones' und Morris' verfassen ein Familienjournal, ›*The Scribbler*‹.

1880
RK besucht seine Schwester, die in Southsea geblieben war, verliebt sich dort in eine junge Dame namens Florence Garrard (die später in seinem Roman *The Light that Failed* als »Maisie« auftaucht); inoffizielle Verlobung.

1881
Ohne Wissen von RK läßt seine Mutter in Lahore seine *Schoolboy Lyrics* privat drucken. Von VI-81 bis VII-82 gibt RK das ›*United Services College Chronicle*‹ heraus (dem er später aus Indien weiter Balladen und Erzählungen kostenlos zum Druck überläßt) und schreibt gelegentlich für die Lokalzeitung in Bideford.

1882
RK verläßt am Ende des Sommertrimesters die Schule; 20-IX fährt er nach Bombay ab, wo er 18-X eintrifft. Von dort reist er mit dem Zug nach Lahore,

wo sein Vater seit 1872 Kurator des Museums ist. Mit nicht ganz 17 Jahren beginnt er als Journalist bei der Tageszeitung ›*Civil & Military Gazette*‹, Lahore; die Redaktion besteht aus ihm und dem Herausgeber Stephen Wheeler.

1884
Flo Garrard löst schriftlich die Verlobung. Schwester Trix kehrt nach Indien zurück und vervollständigt das »Familienviereck«. 26-IX: RKs erste Kurzgeschichte, »The Gate of the Hundred Sorrows«, in *CMG* veröffentlicht. XI: RK und Trix publizieren *Echoes*, Gedichtparodien (32 von RK, 7 von Trix).

1885
Weiterhin journalistische Arbeiten. RK beginnt im Frühjahr mit einem »harten« angloindischen Roman, *Mother Maturin* (die Titelfigur ist eine alte Irin, die in der eingeborenen Altstadt von Lahore eine Opiumhöhle betreibt); bis zum Sommer schreibt er über 230 Bögen »foolscap« (etwa DIN A3). Teile hiervon finden später Verwendung in Erzählungen und *Kim;* der Rest ging verloren. Weihnachten erscheint *Quartette*, Gedichte (5 von RK) und Erzählungen (4 von RK, von denen er nur zwei später nachdrucken ließ) von RK, Trix, Lockwood und Alice Kipling.

1886
Die ersten Balladen und Gedichte unter dem Serientitel »Departmental Ditties« erscheinen in *CMG*, später ergänzt als anonymer Privatdruck in Lahore, dann unter RKs Namen als *Departmental Ditties and Other Verses* in Kalkutta. Im Sommer geht Stephen Wheeler; der neue Chefredakteur E. Kay Robinson räumt RK mehr Zeit und Platz für literarische Arbeiten ein. 2-XI erscheint die erste Erzählung der *Plain Tales from the Hills* in *CMG*. RK tritt der Freimaurerloge Hope and Perseverance No. 782 E. C. bei.

1887
Fortgang der *Plain Tales* und anderer Erzählungen und Gedichte. Im Herbst wird RK zum ›*Pioneer*‹ nach Allahabad versetzt, damals der wichtigsten Tageszeitung von Britisch-Indien. Dort arbeitet er im Tagesjournalismus, betreut die Wochenbeilage ›*The Week's News*‹, zu der er jede Woche eine Erzählung beisteuert, schreibt weiter für die *CMG* (beide Zeitungen gehörten dem gleichen Besitzer) und reist viel in Indien (Reiseartikel wurden später von US-Verlagen nachgedruckt, worauf RK 1900 die autorisierte Version *From Sea to Sea*, 2 Bände, erlaubte). Im Sommer tritt er gegen den Willen seiner Vorgesetzten nicht der angesehenen rein britischen, sondern der rassisch gemischten Freimaurerloge in Allahabad bei.

1888
Plain Tales from the Hills erscheint in Kalkutta und London. Die in ›*Pioneer*‹ und ›*Week's News*‹ veröffentlichten Erzählungen und Szenen erscheinen zunächst in 6 Einzelbänden der »Indian Railways Library« (Erstausgaben werden z. Zt. mit 2000 £ gehandelt), später zusammengefaßt in den Bänden *Soldiers Three and Other Stories* und *Wee Willie Winkie and Other Stories.* Im Frühjahr vertritt RK in Lahore Kay Robinson während dessen Urlaub.

1889
RK verabschiedet sich in Lahore von der Familie; 9-III fährt er von Kalkutta über Rangoon, Singapur, Hongkong, Yokohama, San Francisco und New York nach England, wo er 5-X eintrifft. In London lernt er den amerikanischen Literaturagenten und Autor Wolcott Balestier, später dessen

Schwester Caroline kennen und veröffentlicht in Magazinen und Zeitungen.

1890
Ab 22-II veröffentlicht der ›*Scots Observer*‹ später in *Barrack-room Ballads* gesammelte Gedichte; 25-III widmet ›*The Times*‹ dem 24jährigen RK einen Leitartikel. In schneller Folge erscheinen Gedichte und Erzählungen; RK beendet im Sommer seinen Roman *The Light that Failed*, der am Jahresende zuerst in einem Magazin, dann als Buch erscheint; Zusammenarbeit mit Balestier an einem Abenteuerroman, *The Naulahka*. Im Herbst erleidet RK einen Zusammenbruch nach Überarbeitung und besucht Italien als Gast des ehemaligen Vizekönigs von Indien, Lord Dufferin.

1891
Weitere Veröffentlichungen in Magazinen und Zeitungen; Kurzbesuche in den USA und Streitigkeiten mit amerikanischen Verlagen, die unautorisierte Nachdrucke seiner Erzählungen vornehmen. Im Sommer bricht RK zu einer Weltreise auf: Südafrika, Australien, Neuseeland, Indien; dort erreicht ihn die Nachricht von Wolcott Balestiers plötzlichem Tod. RK bricht die Reise ab und kehrt zurück nach England. Die Co-Produktion *The Naulahka* erscheint (XI-91 bis VII-92) in Vorabdrucken, dann als Buch; gleichzeitig der Band *Life's Handicap* mit Erzählungen.

1892
RK erreicht London 10-I, heiratet 18-I Caroline Balestier (Henry James ist Brautführer); 3-II Aufbruch zur Hochzeitsreise um die Welt, Besuch bei den Balestiers in Vermont, dann über Vancouver nach Japan. In Yokohama endet die Reise zunächst, da RKs Bank Bankrott macht. 26-VII Ankunft in Brattleboro, Vermont, USA, wo sie sich niederlassen, zunächst in einem gemieteten Cottage (dort wird 29-XII Josephine Kipling geboren), dann in einem nach RKs Plänen gebauten Haus, genannt »The Naulakha«. (Wolcott Balestier hatte bei der Copyright-Anmeldung des gemeinsamen Werks den Titel falsch -hk- buchstabiert; aus Gründen der Pietät ließ RK den Fehler nach dem Tod von Balestier so stehen, nannte das Haus jedoch korrekt -kh-. In dem Roman geht es unter anderem um einen indischen Fürstenschmuck, der neun *lakh* = 900 000 Rupien wert ist, »The Naulakha«.)

1893
Das Haus wird fertiggestellt; *Many Inventions* (Erzählungen) erscheint. RK veröffentlicht die ersten Erzählungen, die später das *Dschungelbuch* ergeben.

1894
The Jungle Book erscheint. Die Kiplings besuchen Bermuda und England.

1895
The Second Jungle Book veröffentlicht; Besuch in England.

1896
Elsie Kipling geboren, 2-II. Nach Streitigkeiten (und Prozeß) mit seinem Schwager verläßt RK die USA; die Kiplings lassen sich nahe Torquay nieder. Allein für den Vorabdruck seines Romans *Captains Courageous* erhält RK die damals astronomische Summe von 10 000 $. Der Gedichtband *The Seven Seas* erscheint.

1897
VI: Umzug nach Rottingdean, Sussex. Nationalistische Jubelwelle in England zu Queen Victorias 60. Thronjubiläum; RK veröffentlicht das war-

nende »Recessional« (›*The Times*‹, 17-VII). 17-VIII: John Kipling geboren. *Captains Courageous* erscheint als Buch.

1898
Die Kiplings reisen (I-98) nach Kapstadt und verbringen dort erstmals den Winter. Cecil Rhodes läßt nach RKs Plänen neben seinem Haus »Groote Schuur« ein Haus errichten, das RK und seiner Familie zur Verfügung steht, solange sie es wünschen. *The Day's Work* (Erzählungen) erscheint.

1899
Die Kiplings reisen (I-99) nach New York; RK und Tochter Josephine erkranken an Lungenentzündung; Jack London publiziert einen hymnischen Nachruf auf RK; 6-III stirbt Josephine 6jährig. VI: Rückkehr nach England; RK lehnt den ersten von vielen angebotenen Adelstiteln ab, nimmt aber das Ehrendoktorat der McGill-Universität Montreal an. *Stalky & Co.* (Erzählungen) erscheint. Beginn des Burenkriegs, in dem RK sich engagiert (Truppenbetreuung, Organisation von Verpflegung und medizinischer Betreuung, Truppenzeitung, heftige Vers-Attacken in engl. Zeitungen gegen Regierung und Öffentlichkeit, die Profis aufs Kricketfeld und Amateure in den Krieg schicken, wo die schlechtausgebildeten Truppen von einer unfähigen Heeresleitung verheizt werden); damit beginnt auch die Imperialismus-Kontroverse um RK.

1900
I–IV, dann wieder ab XII in Südafrika. RK vollendet *Kim;* der Roman erscheint in USA und England ab XII-1900 als Vorabdruck.

1901
Kim als Buch publiziert; wieder Winter in Südafrika.

1902
IX: Umzug nach Bateman's bei Burwash, Sussex. Die *Just So Stories* erscheinen.

1903
RK lehnt erneut Adelstitel ab und weigert sich, im königlichen Gefolge den Prince of Wales nach Indien zu begleiten. Der Gedichtband *The Five Nations* erscheint.

1904
RKs »mittlere Periode« beginnt mit dem Band *Traffics and Discoveries*, der einen Teil seiner südafrikanischen Erzählungen enthält, darunter die bis heute unentschlüsselte »Mrs. Bathurst«, außerdem die grimmige Attacke auf die Tory-Politik, »Below the Mill Dam«.

1905
RK beginnt mit der Arbeit an den *Puck*-Geschichten, historischen Erzählungen aus 3000 Jahren Geschichte auf englischem Boden.

1906
Puck of Pook's Hill erscheint.

1907
Erste (US-)Ausgabe seiner *Collected Verse*. Reise nach Kanada. RK erhält Ehrendoktorate der Universitäten Durham und Oxford; im Dezember wird er als erster englischsprachiger Autor mit dem Nobelpreis für Literatur ausgezeichnet.

1908
Letzter Winter in Südafrika; wegen des wachsenden Einflusses der Buren und ihrer »primitiven Gier nach rassischer Vorherrschaft« kehrt RK nicht mehr nach Kapstadt zurück. Erhält Ehrendoktorat der Universität Cambridge.

1909
Actions and Reactions (Erzählungen) erscheinen; RK polemisiert gegen die lasche Politik der liberalen Regierung und erneuert seine Warnungen vor einem Krieg mit Deutschland.

1910
Der zweite Band mit Puck-Geschichten, *Rewards and Fairies* erscheint. Tod von RKs Mutter.

1911
Tod von RKs Vater. C. R. L. Fletchers *History of England* erscheint, zu der RK Gedichte beiträgt.

1912
Songs from Books erscheint; RK veröffentlicht weiter einzelne Erzählungen und Gedichte, aber seine politischen Besorgnisse und Aktivitäten nehmen immer mehr Raum ein. Vergeblich warnt er seine Landsleute, angesichts der neuen Techniken, der deutschen Aufrüstung und der Millionen ausgebildeter Reservisten im Kaiserreich könne man nicht mehr wie zu Napoleons Zeiten *nach* Eintritt des Ernstfalls ein Freiwilligenheer improvisieren.

1913
Reise nach Ägypten.

1914
Beginn des Ersten Weltkriegs; England improvisiert ein Freiwilligenheer von zunächst 100 000 Mann. RK stellt die Literatur zurück und veröffentlicht in den folgenden Jahren zahlreiche Artikel, besucht als Kriegsberichterstatter die Royal Navy, die französische und die italienische Front.

1915
John Kipling fällt 18jährig als Leutnant der Irish Guards in Flandern (vermißt 2-X-15).

1917
RK beginnt mit der Arbeit an seinem einzigen Sachbuch, der Studie *The Irish Guards in the Great War*, und wird Mitglied der War Graves Commission. *A Diversity of Creatures* (Erzählungen und Gedichte) erscheint.

1919
Der Gedichtband *The Years Between* erscheint; später im Jahr die erste Ausgabe von *RK's Verse: Inclusive Edition*, in den folgenden Jahren mehrfach ergänzt und revidiert.

1920
RK erhält Ehrendoktorat der Universität Edinburgh.

1921
Ehrendoktorate der Sorbonne und der Universität Straßburg. RK lehnt den Order of Merit ab (1923 abermals).

1922
RK wird Rektor der St. Andrew's University. Als Mitglied der War Graves Commission besucht RK die Schlachtfelder in Frankreich, trifft seinen alten Freund Clémenceau und lernt George V. kennen. XI-22 unterzieht er sich einer erfolglosen Magenoperation; als Ursache der ständigen Schmerzen, die seine letzten Jahre überschatten, werden zu spät Darmgeschwüre diagnostiziert. Es erscheint die »Rekonstruktion« des »verlorenen« fünften Buchs horazischer Oden englisch und lateinisch: *Quinti Horatii Flacci carminum liber quintus, a Rudyardo Kipling et Carolo Graves anglice redditum*.

1923
The Irish Guards in the Great War erscheint (2 Bände); ferner *Land and Sea Tales for Scouts and Guides* (Erzählungen und Gedichte). RKs Vetter Stanley Baldwin wird erstmals Premier; in den folgenden Jahren verfaßt RK etliche Reden für ihn.

1924
Elsie Kipling († 1976) heiratet George Bambridge; die Ehe bleibt kinderlos. RK erhält Ehrendoktorat der Universität Athen. Veröffentlicht die ersten experimentellen, vielschichtigen Erzählungen seines »Spätwerks«.

1926
Debits and Credits (Erzählungen und Gedichte) erscheint; RK besucht Südamerika.

1927
Reiseskizzen *Brazilian Sketches* veröffentlicht; in London wird The Kipling Society gegründet, von RK mit »düsterem Abscheu« beobachtet.

1928
A Book of Words (Reden) veröffentlicht; RK ist Sargträger bei der Beerdigung von Thomas Hardy.

1930
Thy Servant A Dog (Erzählungen) veröffentlicht; die Kiplings besuchen Westindien, wo Caroline erkrankt und drei Monate in einer Klinik verbringt.

1932
Limits and Renewals (Erzählungen und Gedichte) erscheint.

1933
RK veröffentlicht *Souvenirs of France* (Erinnerungen an Frankreich); nach Hitlers Machtergreifung warnt er England, wo bis zum Sommer 10 Millionen Menschen eine pazifistische Deklaration unterzeichnen, wieder, und wieder vergebens. In der Folge erkalten die zuvor herzlichen Beziehungen zwischen RK und seinem Vetter, dem konzilianten Premier Baldwin.

1934
»Proofs of Holy Writ« veröffentlicht, RKs vorletzte Erzählung.

1935
RKs letzte Erzählung »Teem – A Treasure-Hunter« erscheint; RK beginnt Arbeit an seiner Autobiographie *Something of Myself*.

1936
18-1: Rudyard Kipling stirbt in London an den Folgen eines Blutsturzes, kurz nach Vollendung seines 70. Lebensjahrs. 23-1 wird er in Poets' Corner, Westminster Abbey, zwischen Charles Dickens und Thomas Hardy beigesetzt.

1937
Something of Myself veröffentlicht; Beginn der noch von RK revidierten Gesamtausgabe »Sussex Edition«.

1939
Caroline Kipling †.

AUSGABEN

KIPLINGS Werke erschienen zu Lebzeiten in einer kaum überschaubaren Vielzahl von Standard-, Sonder-, Luxus-, Geschenk- und sonstigen Ausgaben; hinzu kamen zahllose illustrierte und nichtillustrierte Sonderdrucke einzelner Gedichte, Erzählungen, Gedichtgruppen usw. sowie die verschiedensten Anthologien (Tiergeschichten, Farcen, Sussex-Geschichten, Soldatengeschichten . . .). Weitere Spezial-Ausgaben (so im Ersten Weltkrieg eine Feldpostausgabe, eine nur außerhalb Englands verkaufte Edition in Macmillan's Colonial Library usw.) machen eine umfassende Darstellung der Ausgaben ebenso schwierig wie eine Schätzung der Gesamtauflagen. Carrington nennt in seiner RK-Biographie (1955) eine durchaus wahrscheinliche Ziffer von 15 Millionen Exemplaren bis zu Kiplings Tod. Neuere Angaben sind nicht zu erhalten.

Weitere Verwirrung ergibt sich aus der lange Zeit fragwürdigen Urheberrechts-Lage in den USA; hier erschienen gelegentlich ein halbes Dutzend Kipling-Editionen parallel und ohne jede Erlaubnis (oder Honorierung) des Autors. Dies führte zu autorisierten »Gegenausgaben« auch in Fällen, in denen RK die jeweiligen Texte gar nicht mehr gedruckt sehen wollte. 1909 veröffentlichte z. B. der Verlag Dodge & Co., New York, eine Sammlung früher Erzählungen aus indischen Zeitungen als *Abaft the Funnel.* RK ließ daraufhin seinen amerikanischen Verleger Doubleday eine billige autorisierte Ausgabe drucken, um die unautorisierte zu verdrängen. Als dies geschehen war, verschwand auch die autorisierte Fassung und erschien (in England zum ersten Mal überhaupt) nach RKs Tod wieder in den posthumen Gesamtausgaben – die limitierte Luxuseditionen waren.

Folgend seien die wichtigsten Ausgaben aufgeführt.

I ENGLAND ab 1892:

1. Lyrik:

In 5 Einzelbänden bei Methuen & Co., ab 1908 gleichzeitig als Hardcover-Leinenausgabe und »Pocket Edition« in rotem Leder auf Dünndruckpapier, beide mit den gleichen Typen gesetzt. Ab 1919 mehrfach ergänzt und revidiert außerdem eine einbändige Gesamtausgabe (*RK's Verse: Inclusive Edition*, ab 1940 ... *Definitive Edition*), Leinen und Leder, Dünndruck, bei Hodder & Stoughton.

Einer Verlagswerbung von Methuen in *The Flying Inn*, Chesterton, 5. Aufl. 1920, sind für RKs Gedichtbände bis dahin folgende Angaben zu entnehmen:

Departmental Ditties, 34. Auflage, 111 000
Barrack-room Ballads, 55. Aufl., 233 000
The Seven Seas, 34. Aufl., 172 000
The Five Nations, 22. Aufl., 138 000
The Years Between, 1. Aufl., 95 000
(Außerdem Sonderausgaben, z. B. *Twenty Poems from RK*, 403 000.)

2. Prosa

Bei Macmillan & Co. Ab 1899 in der von RK selbst hinsichtlich Ausstattung, Typengröße, Papierqualität etc. bestimmten »Uniform Edition« (vorher uneinheitlich) in rotem Leinen mit goldener Vignette (der elefantenköpfige Gott Ganesha mit Lotosbüschel und Swastika – ab 1933 ohne Swastika –, entworfen von Lockwood Kipling); dazu ab 1907 (bei Neuerscheinungen gleichzeitig) zwei »Pocket Editions«, die mit den gleichen Typen gedruckt wurden: a) Dünndruck, rotes Leder; b) blaues Leinen.

1949 wurde die Ausgabe neu gesetzt und erschien als »Library Edition« in rotem Leinen, gleichzeitig als »Pocket Edition« in blauem Leinen (Dünndruck), beide ohne Vignette.

1965 wurde die Edition abermals neu gesetzt und erschien zu Kiplings 100. Geburtstag als »Centenary Edition«, gebunden in rotem Leinen sowie als Paperback. Diese Ausgabe wird nach wie vor gedruckt.

Ende der 20er Jahre veröffentlichte Macmillan letztmals in den Kipling-Bänden Auflagenzahlen für die bis dahin erschienenen Titel; sie beziehen sich ausschließlich auf die Standardedition (»Uniform« bzw. »Pocket Edition«, deren Bände damals *7s. 6d.* bzw. in blauem Leinen *6s.* kosteten) und bis 1928 folgende Höhen erreichten:

Plain Tales from the Hills	151 000	*The Naulahka*	53 000
Life's Handicap	117 000	*Kim*	223 000
Many Inventions	110 000	*Just So Stories*	223 000
The Light that Failed	153 000	*Traffics and Discoveries*	88 000
Wee Willie Winkie etc.	91 000	*Puck of Pook's Hill*	136 000
Soldiers Three etc.	96 000	*Actions and Reactions*	86 000
Captains Courageous	100 000	*Rewards and Fairies*	106 000
The Jungle Book	300 000	*A Diversity of Creatures*	77 000
The Second Jungle Book	165 000	*Letters of Travel*	34 000
The Day's Work	157 000	*Land and Sea Tales*	101 000
Stalky & Co.	152 000	*Debits and Credits*	78 000
From Sea to Sea, 2 Bde.	55 000		

Macmillan & Co. veröffentlichte ferner neben den bereits erwähnten Feldpost- und Colonial-Ausgaben folgende Editionen:

»School Edition«, 8 Bände, ungekürzt, mit »schülerfreundlichen« Anmerkungen, zwischen 1926 und 1951; einzelne Titel werden noch immer, da Schullektüre, in ähnlichen Ausgaben nachgedruckt;

»Edition De Luxe«: 38 Bände zwischen 1897 und 1938 in roter Seide; limitiert (Bände I–XXI 1050 Exemplare, XXII–XXVI 775 Expl., XXVII–XXXIII 1000 Expl., XXXIV–XXXVIII 350 Expl.);

»Bombay Edition«: 31 Bände zwischen 1913 und 1938, blaugrauer Karton mit Leinenrücken; handgeschöpftes Bütten mit

Wasserzeichen »R-Vignette-K« auf jedem zweiten Blatt. Band I von Kipling signiert; Bände I–XX jeweils 1050 Expl., XXI–XXXI jeweils 500 Expl.

»Sussex Edition«: Luxusausgabe Letzter Hand (ab 1937), signiert, 35 Bände in rotem Leder auf handgeschöpftem Bütten; 525 Sets (davon 500 zum Verkauf). (Ein Teil der Auflage ging 1941 in einem Lagerhaus nach einem Bombenangriff in Flammen auf.)

Anfang 1987 (Ende der Schutzfrist) begannen kommentierte Gesamtausgaben bei Penguin und Oxford University Press; außerdem Einzelbände in diversen Verlagen.

II USA; Lyrik und Prosa

Nach dem Ende des Wirrwarrs mit unautorisierten Ausgaben erschienen verschiedene Einzelbände bei Macmillan & Co. (New York), The Century Company und D. Appleton & Co.; ab 1898 übernahm Doubleday & McClure (später Doubleday, Page & Co., dann Doubleday, Doran & Co.) die zuvor von Macmillan, USA, veröffentlichten Titel sowie alle späteren; die Einzelbände bei Century und Appleton blieben zunächst im Handel, wurden dann auch von Doubleday (1908 bzw. 1920) übernommen.

Die Standardausgabe: »Trade Edition«, Doubleday, 31 Bände 1898–1932, grünes Leinen.

»Outward Bound Edition«, Charles Scribner's Sons, 36 Bände 1897–1937, braunes Leinen, Vignette in Elfenbein, unbeschnittenes Bütten mit Wasserzeichen »RK«; mehrere Auflagen sowie eine limitierte Edition von 204 Sets auf Japanpapier in gelber Rohseide. Diese Edition (begonnen von Frank N. Doubleday, als er noch bei Scribner's war) erschien ab 1899 jeweils einige Zeit nach der Trade Edition.

»Swastika Edition«, 15 Bände, 1899, limitiert auf 20 000 Sets zu je 15 $, in mattgrünem Leinen (Doubleday, Appleton und Century; gemeinsame Ausgabe zur Verdrängung der zahlreichen unautorisierten Raubdrucke).

»Seven Seas Edition«, Doubleday, 27 Bände 1914–1926, limitierte Luxusausgabe, 1050 Sets, erster Band jeweils handsigniert; in Ausstattung und Gestaltung entspricht diese Edition der engl. »Bombay Edition«. (Als »New World Ed.« 1923 auf normalem Papier von Funk & Wagnalls Co. nachgedruckt; 1925–26 abermals als »Mandalay Edition«, mit geringen Abweichungen, bei Doubleday.)

»The Burwash Edition«, Doubleday, 1941: 28 Bände, entspricht in Inhalt und Ausstattung der »Sussex Edition«, allerdings anders arrangiert, 1050 Sets. (Nachdruck 1970 AMS Press, erhältlich, z. Zt. 1120 $.)

RKs Werke sind außerdem einzeln in unterschiedlichen Ausstattungen bei Doubleday und anderen Verlagen lieferbar.

III DEUTSCHLAND

Neben den üblichen fremdsprachigen Nachdrucken und Auswahlbänden (Tauchnitz, Leipzig, 20 Bände 1890–1932, sowie diverse Ausgaben in verschiedenen Verlagen für den Schulgebrauch) herrschte auch im deutschen Sprachraum zunächst Wirrwarr. Kipling wurde relativ schnell entdeckt und übersetzt (ab 1894), aber seine deutschen Ausgaben erschienen in verschiedensten Verlagshäusern und unterschiedlichen Ausstattungen; zeitweilig konkurrierten z. B. drei *Dschungelbuch*-Übersetzungen miteinander. 1899 trat eine gewisse Überschaubarkeit ein, als der Verlag Vita – Deutsches Verlagshaus in Berlin-Charlottenburg alle künftigen Rechte erwarb.

Bis 1914 erschienen dort 16 Bände, z. T. bereits in der später mit den Rechten vom Paul List Verlag Leipzig (heute München) übernommenen Form von Zerstückelung und Neubenennung. Ab 1925 erschienen dann bei List, ausgewählt und herausgegeben von Hans Reisiger, zehn Bände »Ausgewählte Werke«: *Kim*, die beiden *Dschungelbücher*, *Puck vom Buchsberg*, *Kleine Geschichten aus den Bergen*, *Das Licht erlosch* und *Ausgewählte Novellen* in vier Bänden. Bearbeitet und ergänzt (z. B. um die deutsche Version von *Stalky & Co.*) bildet die damalige Edition noch immer die Grundlage für die heute »Gesammelte Werke« genannte dreibändige Auswahl.

BIBLIOGRAPHIE

Departmental Ditties and Other Verses, Gedichte; Lahore 1886, London, Kalkutta und New York 1890.

Prelude
General Summary
Army Head-quarters
Study of an Elevation, in Indian Ink
A Legend of the Foreign Office
The Story of Uriah
The Post that Fitted
Public Waste
Delilah
What Happened
Pink Dominoes
The Man who could Write
Municipal
A Code of Morals
The Last Department

OTHER VERSES
To the Unknown Goddess
The Rupaiyat of Omar Kal'vin
La Nuit Blanche
My Rival
The Lovers' Litany
A Ballad of Burial
Divided Destinies
The Masque of Plenty
The Mare's Nest
Possibilities
Christmas in India
Pagett, M. P.
The Song of the Women
A Ballade of Jakko Hill
The Plea of the Simla Dancers
The Ballad of Fisher's Boarding House
As the Bell Clinks
An Old Song
Certain Maxims of Hafiz
The Grave of the Hundred Head
The Moon of Other Days
The Overland Mail
What the People Said
The Undertaker's Horse
The Fall of Jock Gillespie
Arithmetic on the Frontier
One Viceroy Resigns
The Betrothed
A Tale of Two Cities
Giffen's Debt
In Spring Time
Two Months
The Galley Slave
L'Envoi

Plain Tales from the Hills, Erzählungen; Kalkutta 1888, London und New York 1890.

Lispeth
Three and—an Extra
Thrown Away
Miss Youghal's Sais
"Yoked with an Unbeliever"
False Dawn
The Rescue of Pluffles
Cupid's Arrows
The Three Musketeers
His Chance in Life
Watches of the Night
The Other Man
Consequences
The Conversion of Aurelian McGoggin
The Taking of Lungtungpen
A Germ-Destroyer
Kidnapped
The Arrest of Lieutenant Golightly
In the House of Suddhoo
His Wedded Wife

The Broken-Link Handicap
Beyond the Pale
In Error
A Bank Fraud
Tods' Amendment
The Daughter of the Regiment
In the Pride of his Youth
Pig
The Rout of the White Hussars
The Bronckhorst Divorce-Case
Venus Annodomini
The Bisara of Pooree
A Friend's Friend
The Gate of the Hundred Sorrows
The Madness of Private Ortheris
The Story of Muhammad Din
On the Strength of a Likeness
Wressley of the Foreign Office
By Word of Mouth
To be Filed for Reference

Soldiers Three and Other Stories,
Erzählungen bzw. Szenen (GADSBYS);
zunächst 3 Einzelbände
Allahabad 1888, London 1890;
ab 1892 in einem Band.

SOLDIERS THREE
The God from the Machine
Private Learoyd's Story
The Big Drunk Draf'
The Solid Muldoon
With the Main Guard
In the Matter of a Private
Black Jack

THE STORY OF THE GADSBYS
Poor Dear Mamma
The World Without
The Tents of Kedar
With any Amazement
The Garden of Eden
Fatima
The Valley of the Shadow
The Swelling of Jordan
L'Envoi ("The Winners")

IN BLACK AND WHITE
Dray Wara Yow Dee
The Judgment of Dungara
At Howli Thana
Gemini
At Twenty-Two
In Flood Time
The Sending of Dana Da
On the City Wall

Wee Willie Winkie,
Erzählungen; zunächst 3 Einzelbände
Allahabad 1888, London und New
York 1890; ab 1892 in einem Band.

UNDER THE DEODARS
The Education of Otis Yeere
At the Pit's Mouth
A Wayside Comedy
The Hill of Illusion
A Second-Rate Woman
Only a Subaltern

THE PHANTOM 'RICKSHAW
The Phantom 'Rickshaw
My Own True Ghost Story
The Man who Would Be King
The Strange Ride of Morrowbie Jukes

WEE WILLIE WINKIE
Wee Willie Winkie
Baa Baa, Black Sheep
His Majesty the King
The Drums of the Fore and Aft

The City of Dreadful Night and Other Places,
Erzählungen und Artikel, Allahabad
und London 1891 (von RK nach
Veröffentlichung unterdrückt).

The Light that Failed,
Roman; London und New York 1891.

Life's Handicap,
Erzählungen;
London und New York 1891.

The Incarnation of Krishna Mulvaney

The Courting of Dinah Shadd
On Greenhow Hill
The Man who Was
The Head of the District
Without Benefit of Clergy
At the End of the Passage
The Mutiny of the Mavericks
The Mark of the Beast
The Return of Imray
Namgay Doola
The Lang Men o' Larut
Bertran and Bimi
Reingelder and the German Flag
The Wandering Jew
Through the Fire
The Finances of the Gods
The Amir's Homily
Jews in Shushan
The Limitations of Pambé Serang
Little Tobrah
Moti Guj—Mutineer
Bubbling Well Road
"The City of Dreadful Night"
Georgie Porgie
Naboth
The Dream of Duncan Parrenness
L'Envoi

The Naulahka, A Story of East and West;
Roman, Co-Autor Wolcott Balestier;
London und New York 1892.

Barrack-room Ballads and Other Verses,
Gedichte; London und New York
1892.

Danny Deever
Tommy
Fuzzy Wuzzy
Soldier, Soldier
Screw Guns
Cells
Gunga Din
Oonts
Loot
Snarleyow
The Widow at Windsor
Belts
The Young British Soldier
Mandalay
Troopin'
The Widow's Party
Ford o' Kabul River
Gentleman Rankers
Route Marchin'
Shillin' a Day

OTHER VERSES
A Ballad of East and West
The Last Suttee
The Ballad of the King's Mercy
The Ballad of the King's Jest
The Ballad of Boh-da-Thone
The Lament of the Border Cattle Thief
The Rhyme of the Three Captains
The Ballad of the "Clampherdown"
The Ballad of the "Bolivar"
The Sacrifice of Er-Heb
The Explanation
The Gift of the Sea
Evarra and his Gods
The Conundrum of the Workshops
The Legend of Evil
The English Flag
Cleared
An Imperial Rescript
Tomlinson
L'Envoi

Many Inventions,
Erzählungen; London und New York
1893.

To the True Romance
The Disturber of Traffic
A Conference of the Powers
My Lord the Elephant
One View of the Question
"The Finest Story in the World"
His Private Honour
A Matter of Fact
The Lost Legion
In the Rukh
"Brugglesmith"
"Love-o'-Women"
The Record of Badalia Herodsfoot

Judson and the Empire
The Children of the Zodiac
Envoy

The Jungle Book,
Erzählungen und Gedichte; London und New York 1894.

Mowgli's Brothers
Hunting-Song of the Seeonee Pack
Kaa's Hunting
Road-Song of the Bandar-Log
"Tiger! Tiger!"
Mowgli's Song
The White Seal
"*Lukannon*"
"Rikki-Tikki-Tavi"
Darzee's Chaunt
Toomai of the Elephants
Shiv and the Grasshopper
Her Majesty's Servants
Parade-Song of the Camp-Animals

The Second Jungle Book,
Erzählungen und Gedichte; London und New York 1895.

How Fear Came
The Law of the Jungle
The Miracle of Purun Bhagat
A Song of Kabir
Letting in the Jungle
Mowgli's Song against People
The Undertakers
A Ripple Song
The King's Ankus
The Song of the Little Hunter
Quiquern
"*Angutivaun Taina*"
Red Dog
Chil's Song
The Spring Running
The Outsong

The Seven Seas,
Gedichte; London und New York 1896.
Dedication *To the City of Bombay*
An American
Anchor Song
The Answer
The Derelict
The First Chantey
The Flowers
Hymn before Action
In the Neolithic Age
The King
The Last Chantey
The Last Rhyme of True Thomas
The Liner She's a Lady
The Lost Legion
M'Andrew's Hymn
The "Mary Gloster"
The Merchantmen
The Miracles
Mulholland's Contract
The Native-Born
Rhyme of the Three Sealers
The Sea-Wife
Sestina of the Tramp-Royal
The Song of the Banjo
A Song of the English
The Coastwise Lights
The Song of the Dead
The Deep-Sea Cables
The Song of the Sons
The Song of the Cities
England's Answer
The Story of Ung
The Three-Decker
To the True Romance

BARRACK-ROOM BALLADS
"*Back to the Army Again*"
Bill 'Awkins
"*Birds of Prey*" *March*
Cholera Camp
"*Follow me 'Ome*"
For to Admire
The 'Eathen
The Jacket
The Ladies
L'Envoi: *When Earth's Last Picture Is Painted*

"Mary, Pity Women"
"The Men that Fought at Minden"
The Mother-Lodge
Sappers
The Sergeant's Weddin'
The Shut-Eye Sentry
"Soldier an' Sailor Too"
That Day

Captains Courageous: A Story of the Grand Banks,
Roman; London und New York 1897.

The Day's Work,
Erzählungen; London und New York, 1898.

The Bridge-Builders
A Walking Delegate
The Ship that Found Herself
The Tomb of His Ancestors
The Devil and the Deep Sea
William the Conqueror, I and II
.007
The Maltese Cat
"Bread upon the Waters"
An Error in the Fourth Dimension
My Sunday at Home
The Brushwood Boy

A Fleet in Being: Notes of Two Trips with the Channel Squadron,
Artikel; London 1898.

Stalky & Co.,
Erzählungen; London und New York 1899.

"Let us now praise famous men"
"In Ambush"
Slaves of the Lamp. Part I
An Unsavoury Interlude
The Impressionists
The Moral Reformers
A Little Prep.
The Flag of their Country
The Last Term
Slaves of the Lamp. Part II
[Später ergänzt als *The Complete Stalky & Co.*, London 1929, New York 1930; Inhalt wie oben, außerdem: 'Stalky'—*To the Companions*—The United Idolaters—*The Centaurs*—Regulus —*A Translation*—*The Birthright*—The Propagation of Knowledge—"The Satisfaction of a Gentleman".]

From Sea to Sea,
Artikel, 2 Bände; New York 1899, London 1900.

Vol. I
LETTERS OF MARQUE
FROM SEA TO SEA, I–XXIV

Vol. II
FROM SEA TO SEA, XXV–XXVII
CITY OF DREADFUL NIGHT
AMONG THE RAILWAY FOLK
THE GIRIDIH COAL-FIELDS
IN AN OPIUM FACTORY
THE SMITH ADMINISTRATION

Kim,
Roman; London und New York 1901.

Just So Stories for Little Children,
Erzählungen und titellose Gedichte, illustriert von Rudyard Kipling; London und New York 1902.

How the Whale got His Throat
How the Camel got His Hump
How the Rhinoceros got His Skin
How the Leopard got His Spots
The Elephant's Child
The Sing-Song of Old Man Kangaroo
The Beginning of the Armadilloes
How the First Letter was Written
How the Alphabet was Made
The Crab that Played with the Sea
The Cat that Walked by Himself
The Butterfly that Stamped

The Five Nations,
Gedichte; London und New York 1903.

Dedication *Before a midnight breaks in storm*
The Bell Buoy
Bridge-Guard in the Karroo
The Broken Men
Buddha at Kamakura
The Burial
Cruisers
The Destroyers
Dirge of Dead Sisters
The Dykes
"Et Dona Ferentes"
The Explorer
The Feet of the Young Men
The Files
General Joubert
The Islanders
Kitchener's School
The Lesson
The Old Issue
The Old Men
Our Lady of the Snows
The Palace
The Peace of Dives
Pharaoh and the Sergeant
The Reformers
Rimmon
The Sea and the Hills
The Second Voyage
The Settler
The Song of Diego Valdez
Song of the Wise Children
South Africa
Sussex
The Truce of the Bear
The Wage-Slaves
The White Man's Burden
White Horses
The Young Queen
SERVICE SONGS
Boots
Chant-Pagan
Columns
Half Ballad of Waterval
The Instructor
Lichtenberg
The Married Man
M. I.
The Parting of the Columns
Piet
Recessional
The Return
Stellenbosh
Two Kopjes
Ubique
"Wilful-Missing"

Traffics and Discoveries,
Erzählungen und Gedichte; London und New York 1904.

From the Masjid-al-Aqsa of Sayyid Ahmed (Wahabi)
The Captive
Poseidon's Law
The Bonds of Discipline
The Runners
A Sahibs' War
The Wet Litany
"Their Lawful Occasions," I and II
The King's Task
The Comprehension of Private Copper
The Necessitarian
Steam Tactics
Kaspar's Song in "Varda"
"Wireless"
Song of the Old Guard
The Army of a Dream, I and II
The Return of the Children
"They"
From Lyden's "Irenius"
Mrs. Bathurst
"Our Fathers Also"
Below the Mill Dam

Puck of Pook's Hill,
Erzählungen und Gedichte; London und New York 1906.

Puck's Song
Weland's Sword

A Tree Song
Young Men at the Manor
Sir Richard's Song
Harp Song of the Dane Women
The Knights of the Joyous Venture
Thorkild's Song
Old Men at Pevensey
The Runes on Weland's Sword
Cities and Thrones and Powers
A Centurion of the Thirtieth
A British-Roman Song
On the Great Wall
A Song to Mithras
The Winged Hats
A Pict Song
Prophets Have Honour
Hal o' the Draft
A Smuggler's Song
The Bee Boy's Song
"Dymchurch Flit"
A Three-Part Song
Song of the Fifth River
The Treasure and the Law
The Children's Song

Actions and Reactions,
Erzählungen und Gedichte; London und New York 1909.

An Habitation Enforced
The Recall
Garm—a Hostage
The Power of the Dog
The Mother Hive
The Bees and the Flies
With the Night Mail
The Four Angels
A Deal in Cotton
The New Knighthood
The Puzzler
The Puzzler
Little Foxes
Gallio's Song
The House Surgeon
The Rabbi's Song

Abaft the Funnel,
frühe Erzählungen, unautorisierte Ausgabe (gesammelt aus indischen Zeitungen), New York 1909; von RK unterdrückt; Inhalt s. u. »Sussex Edition«.

Rewards and Fairies,
Erzählungen und Gedichte; London und New York 1910.

A Charm
Introduction
Cold Iron
Cold Iron
Gloriana
The Two Cousins
The Looking-Glass
The Wrong Thing
A Truthful Song
King Henry VII *and the Shipwrights*
Marklake Witches
The Way through the Woods
Brookland Road
The Knife and the Naked Chalk
The Run of the Downs
Song of the Men's Side
Brother Square-Toes
Philadelphia
If—
"A Priest in Spite of Himself"
A St. Helena Lullaby
"*Poor Honest Men*"
The Conversion of St. Wilfrid
Eddi's Service
Song of the Red War-Boat
A Doctor of Medicine
An Astrologer's Song
"*Our Fathers of Old*"
Simple Simon
The Thousandth Man
Frankie's Trade
The Tree of Justice
The Ballad of Minepit Shaw
A Carol

A School History of England,
RK und C. R. L. Fletcher; London und New York 1911.

In den Jahren 1915–18 erschienen zunächst in Zeitungen in London und New York, dann als Broschüren sieben Artikelserien, die sich gesammelt nur in Band XXVI der »Sussex Edition« finden: *The New Army in Training; France at War; The Fringes of the Fleet; Tales of 'The Trade'; Destroyers at Jutland; The War in the Mountains; The Eyes of Asia.*

A Diversity of Creatures,
Erzählungen und Gedichte; London und New York 1917.

As Easy as A. B. C.
MacDonough's Song
Friendly Brook
The Land
In the Same Boat
"Helen all Alone"
The Honours of War
The Children
The Dog Hervey
The Comforters
The Village that Voted the Earth was Flat
The Press
In the Presence
Jobson's Amen
Regulus
A Translation
The Edge of the Evening
Rebirth
The Horse Marines
The Legend of Mirth
"My Son's Wife"
The Floods
The Fabulists
The Vortex
The Song of Seven Cities
"Swept and Garnished"
Mary Postgate
The Beginnings

The Years Between,
Gedichte; London und New York 1919.

The Benefactors
The Choice
"The City of Brass"
The Covenant
The Craftsman
The Dead King
A Death-Bed
The Declaration of London
Dedication
En-Dor
Epitaphs
The Female of the Species
"For All We Have and Are"
France
Gehazi
Gethsemane
The Holy War
The Houses
The Hyœnas
Justice
The Irish Guards
Lord Roberts
Mary's Son
Mesopotamia
My Boy Jack
A Nativity
Natural Theology
The Oldest Song
The Outlaws
A Pilgrim's Way
The Pro-Consuls
The Question
A Recantation
The Rowers
Russia to the Pacifists
A Song at Cock-Crow
A Song in Storm
The Song of the Lathes
The Sons of Martha
The Spies' March
Things and the Man
Ulster
The Verdicts
The Veterans
The Virginity
Zion

Letters of Travel, 1892–1913,
Artikel; London und New York 1920.

FROM TIDEWAY TO TIDEWAY (1892)
LETTERS TO THE FAMILY (1907)
EGYPT OF THE MAGICIANS (1913)

Quinti Horatii Flacci Carminum Librum Quintum, A Rudyardo Kipling et Carolo Graves Anglice Redditum,
et variorum notis adornatum ad fidem codicium mss. edidit Aluredus D. Godley; Oxonii, apud Basilium Blackwell, MDCCCXX. – »Rekonstruktion« des »verlorenen« fünften Buchs horazischer Oden; lateinisch-englisch; Oxford 1922.

Land and Sea Tales for Scouts and Guides,
Erzählungen und Gedichte; London und New York 1923.

Preface
Winning the Victoria Cross
The Way that He Took
An Unqualified Pilot
The Junk and the Dhow
His Gift
The Master-Cook
A Flight of Fact
"Stalky"
The Hour of the Angel
The Burning of the *Sarah Sands*
The Last Lap
The Parable of Boy Jones
A Departure
The Bold 'Prentice
The Nurses
The Son of His Father
An English School
A Counting-Out Song

The Irish Guards in the Great War,
edited and compiled from their diaries and papers; Studie, 2 Bände; London und New York 1923.

Volume I: THE FIRST BATTALION
Introduction
1914
Mons to La Bassée
1915
La Bassée to Laventie
1916
The Salient to the Somme
1917
The Somme to Gouzeaucourt
1918
Arras to the Armistice
Volume II: THE SECOND BATTALION
1915
Loos and the First Autumn
1916
The Salient and the Somme
1917
Rancourt to Bourlon Wood
1918
Arras to the End
Appendices
Index

Debits and Credits,
Erzählungen und Gedichte; London und New York 1926.

The Enemies to Each Other
The Changelings
Sea Constables: a Tale of '15
The Vineyard
"*Banquet Night*"
"In the Interests of the Brethren"
To the Companions
The United Idolaters
The Centaurs
"*Late Came the God*"
The Wish House
Rahere
The Survival
The Janeites
Jane's Marriage
The Portent
The Prophet and the Country
Gow's Watch, Act IV, Scene 4
The Bull that Thought
Alnaschar and the Oxen
Gipsy Vans
A Madonna of the Trenches

Gow's Watch, Act v, Scene 3
The Birthright
The Propagation of Knowledge
The Legend of Truth
A Friend of the Family
We and They
On the Gate: a Tale of '16
The Supports
Untimely
The Eye of Allah
The Last Ode
The Gardener
The Burden

A Book of Words,
selections from speeches and addresses delivered between 1906 and 1927; Reden; London und New York 1928.

Literature. Royal Academy Dinner: May 1906
The Claims of Art. Artists' General Benevolent Institution: May 1907
Values in Life. McGill University, Montreal: October 1907
Imperial Relations. Canadian Club, Toronto: October 1907
Growth and Responsibility. Canadian Club, Winnipeg: October 1907
The Handicaps of Letters. Royal Literary Fund: May 1908
A Doctor's Work. Middlesex Hospital: October 1908
The Spirit of the Navy. A Naval Club: October 1908
The Ritual of Government. Brighton: November 1910
The Verdict of Equals. Royal Geographical Society: May 1912
The Uses of Reading. Wellington College: May 1912
Some Aspects of Travel. Royal Geographical Society: February 1914
The War and the Schools. Winchester College: December 1915
The Magic Square. Household Brigade O. C. C., Bushey: 1917
The First Sailor. East Coast Patrol: 1918
England and the English. Royal Society of St. George: April 1920
The Scot and the War. Edinburgh University: July 1920
The Virtue of France. Sorbonne, Paris: November 1921
A Thesis. Banquet at the Sorbonne, 1921
A Return to Civilization. Strasbourg University: November 1921
The Trees and the Wall. Banquet, Strasbourg University: November 1921
Waking from Dreams. High Commissioner's Lunch, Strasbourg: November 1921
Surgeons and the Soul. Royal College of Surgeons: February 1923
Independence. Rectorial Address, St. Andrews: October 1923
The Classics and the Sciences. University College, Dundee: October 1923
Work in the Future. Rhodes Scholars, Oxford: June 1924
Shipping. U. K. Chamber of Shipping: February 1925
Stationery. Stationers' Company: July 1925
Fiction. Royal Literary Society: June 1926
The Spirit of the Latin. Brazilian Academy of Letters: March 1927
Our Indian Troops in France. La Bassée: October 1927

Thy Servant a Dog,
Erzählungen; London und New York 1930.

"Thy Servant a Dog"
The Great Play Hunt
Toby Dog
[ergänzt London 1938 als
Thy Servant a Dog and Other Dog Stories,
Inhalt wie oben, sowie:
The Supplication of the Black Aberdeen
A Sea Dog
His Apologies
"Teem": a Treasure-Hunter]

Limits and Renewals,
Erzählungen und Gedichte; London und New York 1932.

Dayspring Mishandled
Gertrude's Prayer
Dinah in Heaven
The Woman in His Life
Four-Feet
The Totem
The Tie
The Church that was at Antioch
The Disciple
The Playmate
Aunt Ellen
Naaman's Song
The Mother's Son
Fairy-kist
The Coiner
A Naval Mutiny
The Debt
Akbar's Bridge
The Manner of Men
At his Execution
Unprofessional
The Threshold
Neighbours
Beauty Spots
The Expert
The Curé
The Miracle of Saint Jubanus
Song of Seventy Horses
Hymn to Physical Pain
The Tender Achilles
The Penalty
Uncovenanted Mercies
Azrael's Count

Souvenirs of France,
Erinnerungen; London und New York 1933.

Something of Myself for My Friends Known and Unknown,
Autobiographie (unvollendet); London und New York 1937.

Rudyard Kipling's Verse, Definitive Edition,
Gedichte; London und New York 1940.

Die posthum erschienene Gesamtausgabe »Sussex Edition« (vgl. AUSGABEN) ist zwar ebenso wenig komplett wie die »Definitive Edition« seiner Gedichte (beide enthalten alles, was RK publiziert bzw. nachgedruckt sehen wollte, nicht alles, was er je veröffentlicht hat) bringt neben zahlreichen verstreuten, vorher ungesammelten Gedichten noch folgende Erzählungen in Band:

I *(Plain Tales)* "Bitters Neat", "Haunted Subalterns";
III *(Wee Willie Winkie)* "The Pit That They Digged", "The Wreck of the Visigoth", "Of Those Called", "The Track of a Lie";
V *(Many Inventions)* "The Enlightenment of Pagett, M. P.", "Mrs. Hauksbee Sits Out";
IX *A Diversity of Creatures)* "A Tour of Inspection";
XVI *(Land and Sea Tales)* "A Tabu Tale";
XXIX *(Uncollected Prose Part 1)*:

ABAFT THE FUNNEL
Erastasius of the *Whanghoa*
Her Little Responsibility
A Menagerie Aboard
A Smoke of Manila
The Red Lamp
The Shadow of His Hand
A Little More Beef
The History of a Fall
Griffiths the Safe Man
It!
A Fallen Idol
New Brooms
Tiglath Pileser
The Likes o' Us
His Brother's Keeper
"Sleipner," Late "Thurinda"
A Supplementary Chapter
Chautauquaed
The Bow Flume Cable-Car
In Partibus
Letters on Leave

The Adoration of the Mage
A Death in the Camp
A Really Good Time
On Exhibition
The Three Young Men
My Great and Only
"The Betrayal of Confidences"
The New Dispensation—I
The New Dispensation—II
The Last of the Stories

sowie die Erzählungen:

The Battle of Rupert Square
For One Night Only
The Lamentable Comedy of Willow Wood
On Dry-Cow Fishing as a Fine Art
The Last Relief

XXX *(Uncollected Prose Part 2)*:
My First Book
The Potted Princess
Collar Wallah and the Poison Stick
The Legs of Sister Ursula
Shakespeare and *The Tempest*
With No. 3
"Surgical and Medical"
Folly Bridge
The Outsider
A Burgher of the Free State
Railway Reform in Great Britain
The Science of Rebellion
A Village Rifle Club
Quo Fata Vocant
The Benefactors
A Reinforcement
The Soul of a Battalion
A Displaie of New Heraldrie
The First Assault on the Sorbonne
Mary Kingsley
The Pleasure Cruise
Proofs of Holy Writ
A Sea Dog
Two Forewords
"Teem": a Treasure-Hunter

Neuere Veröffentlichungen aus dem Nachlaß:
O Beloved Kids, ed. E. L. Gilbert, London 1983; Auswahl aus Briefen an seine Kinder;

Kipling's India: Uncollected Sketches 1884–88, ed. Th. Pinney, London 1986; Auswahl aus RKs journalistischen Arbeiten;

Early Verse by Rudyard Kipling 1879–1889, ed. A. Rutherford, Oxford 1986; bisher ungesammelte und z. T. nie veröffentlichte frühe Gedichte.

Sekundärliteratur, Memoiren etc. (Auswahl)

Beresford, G. C., *Schooldays with Kipling*, London 1936
Birkenhead, Lord, *Rudyard Kipling*, London 1978
Bodelsen, C. A., *Aspects of Kipling's Art*, Manchester 1964
Carrington, Charles, *Rudyard Kipling: His Life and Work*, London 1955 f.
Cohen, Morton, *Rudyard Kipling to Rider Haggard. The Record of a Friendship*, London 1965
Cornell, Louis L., *Kipling in India*, London 1966
Dobrée, Bonamy, *Rudyard Kipling: Realist and Fabulist*, London 1967
Dunsterville, L. C., *Stalky's Reminiscences*, London 1928
Gauger, Wilhelm, *Wandlungsmotive in Rudyard Kiplings Prosawerk*, München 1975
Gilbert, Elliot L. (ed.), *Kipling and the Critics*, London 1965
Gilbert, Elliot L., *The Good Kipling: Studies in the Short Story*, Manchester 1972
Green, Roger Lancelyn, *Kipling and the Children*, London 1965

Green, Roger Lancelyn (ed.), *Kipling. The Critical Heritage*, London 1971
Islam, Shamsul, *Kipling's Law: A Study of his Philosophy of Life*, London 1975
Islam, Shamsul, *Chronicles of the Raj*, London 1979
Jamiluddin, K., *The Tropic Sun. Kipling and the Raj*, Lucknow, India 1974
Lascelles, Mary, *The Story-Teller Retrieves the Past. Historical Fiction and Fictional History in the Art of Scott, Stevenson, Kipling and Some Others*, Oxford 1980
Léaud, Francis, *La poétique de Rudyard Kipling. Essai d'interprétation générale de son oeuvre*, Paris o. J.
Mason, Philip, *Kipling: The Glass, the Shadow and the Fire*, London 1975
Maurois, André, "Rudyard Kipling" in *Poets and Prophets*, London 1935
Mertner, Edgar, *Rudyard Kipling und seine Kritiker*, Darmstadt 1983
Orel, Harold (ed.), *Kipling: Interviews & Recollections*, 2 Bde., London 1983
Rao, Kanatur Bhaskara, *Rudyard Kipling's India*, Norman, Oklahoma 1967
Rutherford, Andrew (ed.), *Kipling's Mind and Art*, London 1964
Sandison, Alan, "Rudyard Kipling. The Imperial Simulacrum" in *The Wheel of Empire*, New York 1967
Sehrt, Ernst Th., *Humor und Historie in Kiplings Puck-Geschichten*, Göttingen 1979
Stewart, James McG., *Rudyard Kipling. A Bibliographical Catalogue*, ed. A. W. Yeats, Toronto 1959
Tompkins, J. M. S., *The Art of Rudyard Kipling*, London 1959
Weygandt, Ann M., *Kipling's Reading and its Influence on his Poetry*, Philadelphia 1939
Wilson, Angus, *The Strange Ride of Rudyard Kipling*, London 1977
Young, W. Arthur, and McGivering, John H., *A Kipling Dictionary*, London 1967

RUDYARD KIPLINGs WERKE
»ZÜRCHER EDITION« IM HAFFMANS VERLAG
HERAUSGEGEBEN UND ÜBERSETZT VON
GISBERT HAEFS

Die Ausgabe lehnt sich an die von Kipling selbst gestaltete »Uniform Edition« seiner Werke an: gebunden, Fadenheftung, schwarzer Kopfschnitt, rote Elefantenhaut; mit Kiplings Vignette (der elefantenköpfige Ganesha, »Gott des glückhaften Beginnens«, mit Lotosbüschel).
Alle Bände sind originalgetreu, vollständig neu übersetzt und jeweils mit einem Anhang versehen, der neben editorischer Notiz und ausführlichen Anmerkungen die wichtigsten Ergebnisse der Rezeption enthält. Abweichungen von der Zusammenstellung der Originalbände gibt es nur, wo dies sinnvoller Ergänzung oder größerer Vollständigkeit dient – also mehr, nicht weniger.

VIELERLEI SCHLICHE (Many Inventions)
Erzählungen

DAS DSCHUNGELBUCH (The Jungle Book)
Erzählungen und (zweisprachige) Gedichte

DAS ZWEITE DSCHUNGELBUCH
(The Second Jungle Book)
Erzählungen und (zweisprachige) Gedichte

KIM (Kim)
Roman

STALKY & CO. (Stalky & Co.)
Erzählungen und (zweisprachige) Gedichte

KIPLING COMPANION
Essay, Daten über Leben und Werk, Fotos, Zitate über RK, Übersetzungsbeispiele, Ausgaben, Werkliste

Weitere Bände in Vorbereitung

WERKAUSGABEN IM HAFFMANS VERLAG

LAURENCE STERNE
Leben und Ansichten von
Tristram Shandy, Gentleman
in neun Einzelbänden, getreu nach den Erstausgaben,
neu übersetzt von
Michael Walter

OSCAR WILDE
Werke,
neu übersetzt von
Hans Wollschläger u. a.

AMBROSE BIERCE
Werke in vier Bänden,
herausgegeben von Gisbert Haefs,
neu übersetzt von Viola Eigenberz,
Trautchen Neetix und Gisbert Haefs

SIR ARTHUR CONAN DOYLE
Sämtliche Sherlock Holmes
Romane und Erzählungen in neun Bänden,
herausgegeben und mit einem Sherlock-Holmes-Handbuch versehen
von Zeus Weinstein, Fritz Senn und Thomas Bodmer,
neu übersetzt von
Gisbert Haefs, Leslie Giger, Hans Wolf u. a.

SAKI
Sämtliche Erzählungen,
herausgegeben von Fritz Senn,
neu übersetzt von Claus Sprick und Werner Schmitz

DOROTHY PARKER
New Yorker Geschichten in zwei Bänden,
herausgegeben von Fritz Senn,
übersetzt von Pieke Biermann und Ursula-Maria Mössner

DANIIL CHARMS
Werke in zwei Bänden,
übersetzt und herausgegeben von
Peter Urban